LE
CHERCHE
MIDI

GÉRÔME SOLER
MARCHAIT VERS
SON DESTIN,
AU RISQUE
DE LA GLOIRE.

GÉRÔME
ET
JÉRÔME

MATTHIEU
JUNG

GÉRÔME
ET
JÉRÔME

roman

LE
CHERCHE
MIDI

Conception graphique : Justine Dupré
Composition : Facompo

Dépôt légal : mai 2023
ISBN 978-2-7491-7764-9

Vous pouvez consulter notre catalogue général
et l'annonce de nos prochaines parutions
sur notre site : www.cherche-midi.com

92, avenue de France, 75013 Paris

I
SUR MON BRIN DE LAURIER, JE DORMAIS COMME UN LOIR

Delphine et Gérôme avaient marché longtemps, par un froid glacial, avant de trouver refuge au Spinoza. La veille, ils avaient été étonnés par l'abondance et la variété des restaurants qui s'offraient au choix du touriste dans le quartier juif de Budapest. Ayant poussé la porte du premier bistrot dont la devanture les avait attirés, ils y avaient reçu le meilleur accueil. La qualité des plats et l'ambiance chaleureuse qui régnait dans cette taverne au décor rustique et peuplée d'autant d'étrangers que de gens du cru leur avaient permis de passer dans la capitale hongroise une première soirée très réussie. A posteriori, ils s'étaient enorgueillis de leur flair en découvrant que le Kőleves figurait parmi les « coups de cœur » de leur guide de voyage et obtenait, sur un total de sept cent quarante-trois avis d'internautes, une note moyenne de 4,6/5.

Dans la matinée, Delphine avait proposé de réserver une table pour le dîner. Malgré son insistance, Gérôme s'y était opposé : en ce samedi soir, ils se laisseraient à nouveau guider par leur intuition, rien ne remplaçant, selon lui, une impression de visu. Hélas, devant chacun des *étterem*[1] qu'elle avait sélectionnés après des recherches minutieuses sur la Toile, la file d'attente s'allongeait jusque sur le trottoir. Gérôme craignait d'en être réduit à avaler sur le pouce un burger, une pizza ou un kebab. Son agacement augmentait en même temps que sa faim. Delphine, qui avait oublié ses gants dans leur chambre, gardait les mains au fond des poches de sa doudoune. Les joues marbrées, le nez rouge, elle reniflait en lui lançant des œillades réprobatrices.

Dans la rue Dob, ils tentèrent, sans trop y croire, une nouvelle fois leur chance. Le découragement les saisit quand le maître d'hôtel leur répéta l'antienne locale : « *You have a reservation ?* » Pourtant, au lieu de leur opposer une moue de contrariété, le Magyar se saisit de deux grandes cartes plastifiées et les précéda dans l'escalier qui conduisait à une pièce mansardée. Avec ses meubles en bois foncé et patiné, ses ferronneries et son lustre de style art déco, le

1. Restaurant.

restaurant cultivait un aspect rétro. Des serviettes blanches pliées en cône se dressaient entre deux couverts sur des nappes de coton jaune. De leur table placée contre la balustrade, Gérôme avait une vue imprenable sur un piano dont il n'avait pas encore remarqué la présence au rez-de-chaussée. Après un bortsch roboratif, ils mangeaient une cuisse de canard au chou rouge lorsque Gérôme vit un grand brun vêtu d'un costume gris à rayures s'approcher du clavier. Au moment où, par-dessus le brouhaha des conversations, s'élevèrent les premières notes de « Tous les visages de l'amour », Gérôme mesura la pleine signification du mot « gloire ». Il aurait pu citer vingt chansons d'Aznavour plus célèbres que celle-là. C'était elle, pourtant, que le patron du Spinoza avait demandé au pianiste de jouer, jugeant qu'elle sonnerait familièrement aux oreilles d'une clientèle internationale.

Quelques mois auparavant, à quatre-vingt-quatorze ans, le dernier monstre sacré de la chanson française avait succombé à un arrêt cardiaque en prenant son bain. Trois jours plus tôt, il révélait dans une émission télévisée que sa sœur et lui s'étaient fait la promesse mutuelle de devenir centenaires. Malgré la compassion que lui inspirait la famille du défunt, Gérôme ne pouvait s'empêcher d'envier secrètement Aznavour. Gérôme espérait qu'il s'éteindrait lui-même ainsi, à un âge avancé, sans endurer les affres d'une longue maladie, ni imposer à ses proches le spectacle de sa sénilité.

Il porta à ses lèvres son verre de merlot de la région de Sopron, puis se mit à fredonner le seul couplet qu'il se rappelait – le premier :

« Toi, parée de mille et un attraits, je ne sais jamais qui tu es, tu changes si souvent de visage et d'aspect… »

À Delphine qui ouvrait des yeux ronds, il donna le titre de la chanson et le nom de son interprète. Entre eux deux, l'ambiance s'était vite réchauffée. Il avait reconnu son erreur de bon cœur et elle avait admis que son onglée ne nécessiterait probablement pas l'amputation de quelques phalanges. Ils passaient leurs premières vacances en amoureux depuis la naissance de Lola, dont ils avaient confié la garde aux parents de Delphine. Réjouis par la perspective de profiter de leur petite-fille pendant cinq jours d'affilée, les Saunier les avaient pour ainsi dire poussés dans l'avion.

Après le soufflé au chocolat accompagné de sa boule de glace à la vanille, Delphine proposa une flânerie digestive. Plutôt que de rejoindre la rue Andrássy, artère rectiligne qui les aurait menés directement jusque chez eux, ils choisirent d'emprunter les ruelles un peu biscornues de l'ancien ghetto, dont ils avaient visité la veille la fameuse « synagogue-cathédrale ». Les groupes de touristes avinés et bruyants se raréfiaient à mesure que les deux Français s'éloignaient du centre de la ville. Dans la rue Szív mal éclairée, ils croisèrent, au plus, trois ou quatre personnes, dont un ivrogne titubant, aux yeux très clairs, qui leur adressa d'un ton timide quelques mots en hongrois. Pendant la journée, le taux de change avantageux entre la monnaie européenne et le forint leur avait permis de dépenser sans trop compter. Gérôme s'était aperçu avec un peu de honte que cette soudaine illusion de richesse favorisait sa bonne humeur en même temps qu'elle faisait naître par rapport aux autochtones un certain sentiment de supériorité.

À brûle-pourpoint, Delphine déclara, songeuse :

— C'est flippant de se dire que la plupart des gens qui dînaient avec nous ce soir ne sauront jamais qu'avant d'être le nom d'un restaurant Spinoza c'est le nom d'un philosophe.

Gérôme ne sut quoi répondre d'intelligent à cette réflexion inattendue. En franchissant le portail de l'immeuble où ils logeaient, ils déclenchèrent l'éclairage automatique de la galerie qui débouchait sur une cour carrée bien silencieuse. Au pied des deux marches qui menaient à leur appartement, Gérôme tapa un code sur un boîtier électronique. La serrure se déverrouilla dans un bruit métallique. Ce système ingénieux permettait aux locataires de prendre possession des lieux en l'absence de leur hôte et de vaquer à leurs promenades sans s'encombrer d'un trousseau de clés. La porte ouvrait sur une cuisine moderne et bien équipée, voisine d'un salon-salle à manger spacieux et meublé, avec goût, du strict minimum : une table, trois chaises, un canapé, une grande armoire. Par un escalier raide, on accédait à une mezzanine où se trouvaient, à droite, la salle d'eau et, à gauche, la chambre à coucher. Le propriétaire avait opté pour une parure de lit toute blanche et, preuve de son savoir-vivre, pour un matelas d'excellente qualité.

Quand Delphine se fut endormie, Gérôme tâtonna sur la table basse pour y récupérer ses écouteurs sans fil et son téléphone. Il cala son dos contre l'oreiller et inscrivit dans la barre de recherche « Tous les visages de l'amour ». L'air commence par deux accords de piano, puis les cordes s'élèvent et Aznavour attaque sur le ré de la deuxième octave. On perçoit dans sa voix le fier contentement d'un homme arrivé au faîte de sa carrière, absolument conscient de la maîtrise prodigieuse qu'il est parvenu à atteindre. La chaleur du timbre se voile d'une humble ironie. L'interprète s'amuse à faire croire que sa facilité découle d'un talent inné, alors qu'elle est le fruit d'un labeur acharné dont il a effacé, par un ultime effort, les moindres traces. À présent, il savoure sa récompense. Plutôt qu'il ne chante il marche sur les eaux. D'artiste il est devenu dieu.

Gérôme continua sa navigation : la chanson était extraite de l'album *Visages de l'amour*, sorti en

1974 chez Barclay. Sur les morceaux qui composaient le disque, Gérôme fut surpris d'en connaître six, parmi lesquels il appréciait particulièrement « De t'avoir aimée » et surtout, surtout, ce petit bijou qu'était « La Baraka ». Des percussions auxquelles s'ajoutait un air de trombone teintaient la musique d'une couleur exotique. Les chœurs féminins africanisants exprimaient une allégresse un peu blagueuse. Avec des mots du quotidien, Aznavour réussissait à rendre crédible un phénomène fameux, dont beaucoup de gens mettaient l'existence en doute : le coup de foudre. Cette chanson avait été mise en ligne par la maison de disques, mais aussi par plusieurs internautes anonymes. En tout, cent mille vues... Dans combien de foyers, à travers le monde, cet album était-il rangé sur une étagère, sous forme de trente-trois tours ou de disque compact ?

Gérôme eut une légère déception lorsqu'il comprit que le pianiste du Spinoza n'interprétait pas « Tous les visages de l'amour », mais plutôt « She », sa version anglaise. Au cours de sa carrière, Aznavour avait donné en plusieurs langues des récitals dans une centaine de pays. Gérôme Soler (prononcer *Solêr'*) admirait les artistes français capables de s'exporter, lui dont la seule et unique représentation à l'étranger avait eu lieu dans la ville belge de Mons, située à quinze kilomètres de la frontière du département du Nord.

Lui vinrent à l'esprit des images de Mylène Farmer et de Patricia Kaas, acclamées loin de leur terre natale par des foules en liesse. L'enregistrement pirate d'un concert que cette dernière avait donné à Moscou avait été mis en ligne. Son tour de chant commençait par « Entrer dans la lumière », dont le début des paroles déclenchait dans la salle un véritable délire. Parmi les dizaines de commentaires qui s'étaient sédimentés sous la vidéo figurait celui d'un certain Igor, qui, d'après le traducteur automatique, affirmait : « Patricia, j'admire votre voix et votre beauté depuis plus de trente ans. Si Dieu le veut, elle continuera dans ce style et dans cette beauté. Que Dieu accorde à cette femme une longue vie pour nous apporter de la joie. »

Bon sang, mais quel secret détenaient ces magiciennes ? Leur faculté à envoûter un public qui ne comprenait pas un traître mot de ce qu'elles racontaient laissait Gérôme littéralement baba. Si une Japonaise de Kyoto ou une Ukrainienne d'Odessa avait écrit à son propos un tel éloge, il aurait eu le sentiment d'avoir réussi sa vie. Confronté à l'indifférence que lui témoignaient ses admiratrices potentielles, il éprouvait à l'inverse comme un vide.

Quant à ses propres chansons, Gérôme Soler avait dès ses débuts fait sien le précepte de Georges Brassens : « Si le public en veut, je les sors daredare, s'il n'en veut pas je les remets dans ma guitare, refusant d'acquitter la rançon de la gloire, sur mon brin de laurier je m'endors comme un loir... » Il les enregistrait en honnête artisan, refusant de se miner à cause des imprévisibles caprices du succès.

Soudain, il se demandait s'il n'avait pas pris ce parti parce que, par manque de charisme et de volonté, il se savait incapable de se mesurer aux géants de la chanson, ou même de composer dans toute sa carrière un seul vrai tube.

Peut-être aussi s'était-il laissé endormir par la trajectoire ascendante que sa carrière avait suivie depuis ses débuts ? Son premier disque avait été un fiasco, mais le deuxième avait éveillé dans le public, et parmi les journalistes, un frémissement d'intérêt. L'opus n° 3, sobrement intitulé « Gérôme Soler », avait suscité, l'année précédente, un réel engouement, au point qu'un jour son manager Stéphane Rigal (Stal pour les intimes) lui avait appris que la vie et l'œuvre de Gérôme Soler faisaient l'objet d'une fiche Wikipédia, comme le bourgeon sur la branche annonçait l'arrivée des beaux jours. De la part des critiques, la consécration était arrivée sous la forme d'un article d'une demi-page dans la rubrique « Culture » de *Libération*.

Il se reprochait à présent de s'être contenté de ce demi-succès. Était-ce pour vendre quatre mille disques qu'il avait peaufiné ces douze titres pendant deux ans ? Était-ce pour que le plus connu d'entre eux, « Montrez-moi », plafonne à dix mille vues sur la Toile ? Était-ce pour se produire dans des salles de trois cents places que, dès son deuxième album, il avait plaqué son emploi de salarié et embrassé la carrière de saltimbanque ?

Jusque-là, il s'était satisfait de son sort, parce que le succès d'estime qu'il obtenait lui permettait de vivre de son travail. Sa dernière tournée, d'une quarantaine de concerts, avait rapporté soixante mille euros, qu'il avait partagés avec Stal. Grâce à son statut d'intermittent du spectacle, il touchait des allocations de chômage pendant les périodes creuses. De toute façon, avec ses revenus confortables d'analyste financière œuvrant dans une grande compagnie d'assurances de La Défense, Delphine gardait les finances du ménage à flot.

Au fond, plutôt que le sens de la mesure, sa placidité ne révélait-elle pas un manque d'ambition invétéré ? Sur ses bulletins trimestriels, ses professeurs remarquaient déjà qu'il s'estimait heureux avec des 12/20 ou des 13/20, alors que ses capacités lui auraient permis de viser la mention « très bien ». Gérôme devait s'avouer qu'il s'était menti à lui-même : le détachement souverain affiché par Brassens, il ne l'avait pas atteint. En réalité, la destinée de ses chansons lui importait au dernier point. Du plus loin qu'il s'en souvînt, il avait rêvé d'interpréter ces refrains passionnés qui se gravent au cœur des gens, jusqu'à devenir l'hymne de leurs plus précieux souvenirs.

Les remuements de Delphine qui changeait de côté le ramenèrent dans leur chambre obscure de Budapest. L'horloge de son téléphone indiquait *1:48*. En haut de l'écran, un pictogramme signalait que la batterie serait bientôt déchargée. Delphine leur avait composé pour le lendemain un programme ambitieux, qui commencerait par la visite du Parlement. S'ensuivrait une après-midi de détente aux bains Király, et la culture reprendrait ses droits dans la soirée : ils écouteraient le concert symphonique que l'orchestre national de Hongrie devait donner au Pesti Vigadó.

Le lundi, veille de leur départ, Delphine inviterait Gérôme à dîner dans un restaurant étoilé, où son chéri soufflerait ses quarante bougies.

II
REDÉCOUVRIR MA VOIX

Dès son retour à Bièvres, il avait appliqué la méthode du grand Aznavour : « J'ai travaillé des années, sans répit, jour et nuit, pour réussir, pour gravir le sommet... »

Il commença par réaliser une envie qui le démangeait depuis qu'un soir de 1995 son cousin Frédéric, de dix ans son aîné et banquier de son état, l'avait fait profiter d'une belle occasion. Missionné par sa boîte pour accompagner de gros clients au palais omnisports de Paris-Bercy, où Johnny Hallyday s'était installé pour trois semaines, Frédéric s'était retrouvé avec une place en trop. Dans les loges, ces messieurs dégustaient des petits fours en buvant du champagne en quantité raisonnable. De temps à autre, ils interrompaient leurs discussions concernant la forte demande en capitaux des pays émergents pour jeter vers la scène un coup d'œil distrait. Johnny avait un peu raté le début de son tour de chant, et donné, par exemple, une version de « Gabrielle » assez quelconque. Puis, au fil des minutes, ses cordes vocales s'étaient chauffées. « La Musique que j'aime » ou « L'Envie » avaient mis tout le monde d'accord. Après « Ne m'oublie pas », il avait regagné les coulisses, laissant pendant cinq bonnes minutes le public réclamer son bis. Il portait une chemise neuve, d'un orange vif, lorsqu'il était réapparu. Seul sur scène avec son pianiste, il avait repris « L'Hymne à l'amour », qu'il avait terminé a capella. Les vingt mille spectateurs retenaient leur souffle, suspendus aux lèvres de leur idole, dont la voix mâle se réverbérait sous la charpente métallique du palais gigantesque. Autour de Gérôme, les hommes en complet-veston s'étaient tus. Ils écoutaient, subjugués. Pendant l'ovation qui avait suivi la performance, l'un d'eux avait murmuré : « C'est ce qui s'appelle avoir du coffre… »

Lydie Conti, professeur au conservatoire de Palaiseau, prenait à Gérôme quarante euros de l'heure. À raison de deux séances par semaine, ses finances s'en ressentirent vite. Delphine et lui avaient conservé chacun son propre compte en banque, de sorte qu'il put gérer ces dépenses en toute discrétion. Il en ignorait la raison, mais il sentait que, pour être couronnée de succès, la résolution qu'il avait prise à Budapest devait rester entre lui et lui.

Il apprit à étendre sa tessiture et à reproduire

des mélodies sans une fausse note. Impressionné par la rapidité de ses progrès, Gérôme se demandait comment il avait pu si longtemps négliger d'investir dans cette matière première que représente pour tout interprète sa propre voix. Surtout, il était convaincu qu'à force de travail il pourrait améliorer encore le volume de son organe. Malgré le temps perdu, il se sentait en pleine possession de ses moyens et vouait de la gratitude à la destinée de lui offrir cette seconde chance.

Une diététicienne lui permit de perdre cinq kilos, rien qu'en amendant ses habitudes alimentaires. Il s'inscrivit dans une salle de culture physique. Delphine, qui appréciait son léger embonpoint, se désolait de voir fondre ses poignées d'amour et gonfler ses biceps. Elle soupçonnait la présence d'une jeune rivale dans les parages. Toutefois, l'emploi du temps de son conjoint demeurait si normal que sa méfiance s'éteignit vite.

Sur les conseils de son opticien, il changea ses lunettes ovales pour une monture rectangulaire noire, qui s'harmonisait mieux avec son visage allongé, dont les joues s'étaient un peu creusées depuis qu'il avait commencé son régime. Maintenant que des photos de lui circulaient dans la presse et sur les réseaux sociaux, il préférait toutefois éviter de modifier sensiblement son apparence. Lorsque, du haut de son mètre quatre-vingts, il se regardait dans la glace de sa penderie, il se jugeait avec une certaine indulgence. Nez court et un peu pointu, lèvres charnues et bien dessinées, prunelles sombres au regard intense.

Cinq ans plus tôt, à l'occasion de la sortie de son deuxième album, il avait pris une décision radicale. Lassé par les prouesses qu'il devait accomplir après sa douche pour réussir à dissimuler que ses cheveux se raréfiaient aussi bien en haut de son front qu'au sommet de son crâne, il s'était tondu la tête. En contrepartie, il s'était laissé pousser une courte barbe, qu'il taillait chaque semaine au cordeau, tel un jardinier du château de Villandry ses parterres de gazon. En plus d'être dans l'air du temps, il réalisait ainsi des économies substantielles en lames de rasoir.

Le processus de création était pour lui tellement laborieux qu'il admirait un génie comme Gainsbourg, qui, en une nuit, pouvait trousser des couplets inoubliables, dont il avait griffonné les premières lignes sur une nappe de restaurant lors d'un dîner bien arrosé. D'ailleurs, Gérôme avait encore prouvé trop peu de choses pour s'autoriser à réfléchir sur ses méthodes de travail. Chez lui, toute chanson s'élaborait à partir d'une idée initiale, qu'il exposait en détail à son parolier attitré, Cédric Sellier. Celui-ci s'asseyait alors à son écritoire et lui présentait une première version, à laquelle Gérôme suggérait quelques retouches. Une fois le texte révisé, Gérôme le mettait en musique – souvent d'après une mélodie qui était venue à Cédric pendant qu'il triturait ses vers.

Pour composer l'album précédent, ils s'étaient isolés durant un mois dans la petite maison de village que la famille Sellier possédait dans le Perche, à Bizou. À l'étage, de vieux radiateurs électriques chauffaient insuffisamment les deux chambres. Dans la baignoire sabot, un filet d'eau tiède coulait de la pomme de douche. Au rez-de-chaussée, le papier peint du couloir se décollait. Dans la cuisine qui servait de salle à manger, la gazinière montrait des signes d'épuisement. Malgré ces conditions spartiates, leur retraite avait été fructueuse. Gérôme piaffait d'impatience à l'idée de réitérer l'expérience. Hélas, Cédric avait répondu à une commande d'écriture de scénario de bande dessinée et le fit poireauter jusqu'à la fin de l'hiver.

Ils étaient cloîtrés depuis huit jours quand le président de la République prononça une allocution solennelle pour informer ses compatriotes qu'en raison de l'épidémie de coronavirus qui sévissait en France leurs déplacements seraient, à partir du lendemain, « très fortement réduits ». Assis dans le canapé en velours râpé, Gérôme débouchait une bouteille de bourgueil pendant que Cédric préparait son fameux coquelet aux champignons. Du feu crépitait dans la cheminée. Quand ils entendirent Emmanuel Macron déclarer : « Nous sommes en guerre ! », les deux compères échangèrent un regard étonné, puis se mirent à rire. L'ambiance se tendit dès que Cédric appela son épouse. Il dut déployer des trésors de diplomatie pour obtenir la permission de rester à Bizou. Delphine accueillait pour sa part la nouvelle avec flegme. Ma foi, la période d'« au moins deux semaines » qu'avait évoquée le président n'était pas la mer à boire. Elle partirait dès le lendemain matin pour Le Mans se confiner chez les Saunier avec Lola, qui pourrait profiter tout son soûl du trampoline et du portique à trois agrès installés dans le jardin de la grande maison. En tout cas, Delphine poussait Gérôme à prolonger son séjour. Il avait en effet la chance de vivre avec la première de ses fans. Jamais il n'enregistrait une chanson sans avoir sollicité son avis. Le cas échéant, il tenait compte des observations toujours judicieuses de cette bonne connaisseuse de la scène française. Il fallait voir avec quelle énergie, malgré ses cinquante-deux kilos et son mètre soixante, cette blondinette aux cheveux courts pogotait dans la fosse pendant un concert de Thiéfaine, de Miossec ou des Wampas ! Ce gabarit miniature lui valait parmi ses amis le surnom de « crevette ».

Sur ces entrefaites, Gérôme reçut de son manager un mel triomphant. Stal avait convaincu Noël Janin de collaborer au nouvel album. Auteur-compositeur méconnu du grand public, Janin comptait à son actif cinq ou six tubes internationaux. Chaque Français avait au moins un de ses refrains en tête. Janin avait envoyé deux morceaux sur lesquels Gérôme fondait beaucoup d'espoir. Une mélodie enlevée et épurée, à base de guitare-basse-batterie, accompagnait les paroles de « Mademoiselle ingénue » :

Mademoiselle ingénue,
À mon front ces quelques rides,
Vos seins ronds et triomphants,
Nos baisers, nos nuits torrides
N'étaient pas des jeux d'enfants.

Mademoiselle ingénue,
Malgré vos juste vingt ans
Et mes cheveux grisonnants
Me vient un doute à présent :
De nous deux qui fut l'enfant ?

Mademoiselle ingénue,
Quand vous vous promeniez nue,
Belle en un mot comme en cent,
Vous chantiez d'une voix menue :
« De nous deux c'est vous l'enfant. »

Mademoiselle ingénue,
Sans larmes ni baratin,
En bondissant comme un faon,
Vous m'avez fui un matin,
Cruelle et divine enfant…

Quand Gérôme lui lut la chanson, Delphine émit des objections un peu spécieuses, sous lesquelles il sentait percer de la jalousie contre cette maîtresse imaginaire. Il en conclut que Noël Janin avait écrit une bonne chanson, légère et réaliste. Elle contrastait avec « Comment ça s'écrie », titre noir et baroque qui résonnait des angoisses contemporaines.

Les océans sans les poissons,
Et l'eau devenue du poison
L'Amazonie sans sa forêt,
Y a-t-il quelqu'un qui me dirait
Comment ça s'écrie ?

La chanson se terminait sur une déchirante envolée de cordes, sur laquelle Gérôme espérait qu'il donnerait la pleine mesure de sa nouvelle voix.

La vie sans ma main dans la tienne
Comment ça s'écrie ?
Un mot pour que tu me retiennes
Comment ça s'écrie ?
La vie sans ta main dans la mienne
Comment ça s'écrie ?
Un mot pour que tu me reviennes
Comment ça s'écrie ?

Stimulés par cet envoi, les deux compères mirent les bouchées doubles. Au fil des semaines les restrictions de déplacement se durcissaient. Gérôme était partagé entre le remords d'avoir laissé Delphine seule avec Lola, son envie de les revoir et l'euphorie qui les gagnait Cédric et lui. Ils se levaient avec le jour, en mettaient un sacré coup pendant la matinée, puis s'octroyaient de longues siestes après des déjeuners copieux et de plus en plus arrosés. Le cellier des Sellier souffrait. Sous un soleil splendide, ils se lançaient dans des randonnées à travers champs, sans jamais apercevoir un képi. Vers cinq heures, ils se remettaient au travail jusqu'au dîner, qui se finissait rarement avant minuit. Et les journées se répétaient à l'identique. Le huis clos leur profitait au-delà de leurs espérances. Leur entente artistique, l'émulation mutuelle, le calme qui régnait aux alentours, l'absence d'obligations domestiques concouraient à une productivité exceptionnelle. Ils créaient des chansons de si bonne facture que Gérôme considéra bientôt ce confinement comme une aubaine. Même le manque de Lola l'inspira pour traiter un thème que sa pudeur lui avait jusque-là interdit d'aborder : la paternité.

La petite avait grandi de trois centimètres quand Gérôme rentra à Bièvres. Delphine avait mauvaise mine. Ces deux mois à télétravailler de chez ses parents l'avaient lessivée. Gérôme compatissait sincèrement à ses déboires, n'empêche qu'il rapportait dans ses bagages le meilleur album de sa vie.

III
QU'ELLES S'ARRACHENT MA VERTU !

Il retomba rapidement de son nuage. Le retour à la réalité s'avérait pénible. À l'exaltation créatrice succédaient les journées mornes et l'apathie. Le confinement avait été levé, mais les restaurants, les cafés et les salles de spectacle restaient fermés. Se déplacer à plus de cent kilomètres de son domicile demeurait prohibé. Gérôme avait du mal à organiser son emploi du temps, se demandant s'il réussirait un jour à reprendre un rythme régulier. Il traînait au lit, se recouchait parfois après son petit déjeuner, alors qu'il avait abandonné de telles pratiques depuis la fin de ses études. Il errait, désœuvré, dans les soixante-dix mètres carrés de leur trois-pièces. Un couloir, dans le prolongement de la porte d'entrée, desservait à droite la cuisine ouverte sur un grand salon-salle à manger et, à gauche, les deux chambres, séparées par la salle de bains. Son laisser-aller le consternait d'autant plus que, les écoles n'ayant pas rouvert, il devait s'occuper de Lola. Il avait honte de rester en pyjama devant sa fille jusqu'au milieu de la matinée. Delphine avait été autorisée à retourner sur son lieu de travail trois fois par semaine. En proie à une étrange dépression, elle essayait de donner le change en félicitant son cher et tendre pour les merveilles qu'il avait produites à Bizou. Toutefois, Gérôme sentait bien qu'en elle un ressort s'était cassé.

Stal s'était réjoui en apprenant la naissance prochaine du quatrième bébé de son protégé. Avec ses jeans trop larges, son visage poupin, ses lunettes rondes à monture bleue, ses cheveux bruns tout frisés qui poussaient surtout au-dessus des oreilles, car une calvitie gagnait le dessus de son crâne, ce quadragénaire bien en chair cultivait un aspect bonhomme, derrière lequel il cachait un homme d'affaires avisé. Diplômé de l'université de Dauphine, il avait créé dix ans plus tôt la S.R.P. (Stéphane Rigal Productions), maison qu'il gérait avec rigueur et passion – une main de fer dans un gant de velours. Personne comme lui pour négocier avec une salle de concert en province le meilleur hôtel pour ses musiciens ou pour vous dégotter une subvention de l'État ou d'une collectivité locale. Il avait sous contrat une quinzaine de groupes et d'artistes solos qui assuraient à sa boîte des bénéfices copieux et à lui un salaire juteux, sur le montant duquel Gérôme évitait de conjecturer, pour ne pas éveiller en lui le démon de la jalousie.

En ce début du mois de juin, Stal dressait de l'industrie du disque un tableau apocalyptique. Le confinement avait provoqué dans le marché un goulot d'étranglement. Les albums programmés pour le printemps se retrouveraient dans les bacs en septembre, en même temps que les sorties de la rentrée, si bien que les circuits de diffusion et de distribution arrivaient à saturation. À la porte des studios s'étaient formés de véritables embouteillages. Les artistes qui auraient dû enregistrer pendant les trois mois précédents venaient s'ajouter à ceux, qui, comme Gérôme, avaient profité de leur assignation à résidence pour boucler un nouveau projet. Certes, les chansons se consommaient de nos jours majoritairement en ligne et les gens, notamment parmi les jeunes générations, écoutaient rarement un disque dans son intégralité, préférant y picorer les quelques titres qui leur plaisaient le mieux. Néanmoins, ces pratiques nouvelles ne changeaient rien au problème : la concurrence démentielle qui régnait avant l'épidémie de covid allait sévir avec une brutalité encore accrue.

L'état de grâce que Gérôme avait atteint pendant ces soixante jours valait beaucoup – il s'en apercevait a posteriori – au fait qu'il s'était tenu éloigné de ces trivialités cruelles. Dans la conjoncture actuelle, son ambition ne relevait-elle pas d'une mégalomanie pure et simple ? En somme, son orgueil délirant l'aveuglait. Assailli par le doute, il sombrait dans le découragement.

Et pourtant, pourtant…

Certains, et de plus jeunes que lui, s'étaient fait leur place au soleil.

Une décennie plus tôt, Gérôme avait ramassé une sacrée claque en découvrant Orelsan. Selon lui, il fallait remonter au Renaud des années soixante-dix pour retrouver, quoique dans un genre musical très différent, une gouaille aussi féroce. Stromae lui avait fait également une forte impression. Le succès de ces deux gars-là ne devait rien à la chance ni à la stratégie commerciale. Ils vendaient des centaines de milliers de disques pour la bonne et simple raison qu'ils étaient meilleurs que les autres. Un ton, qui n'appartenait qu'à eux, irriguait chacun de leurs albums. Ils avaient su imposer leur style, insuffler à la chanson française une énergie nouvelle. Derrière ces figures de proue, une bonne vingtaine d'interprètes, que Gérôme ne considérait pas plus talentueux que lui, atteignaient d'excellents chiffres de vente.

« Ceux-là ont bien percé, se disait-il. Alors pourquoi pas moi ? »

Et le feu sacré se rallumait.

Delphine reprit du poil de la bête pendant leurs vacances d'été, qu'ils passèrent pour moitié dans les Cévennes, pour moitié sur la côte d'Opale. L'entrée en studio était prévue pour la fin octobre, mais la reprise de l'épidémie et les nouvelles restrictions de déplacements qui suivirent retardèrent encore l'échéance. Le gouvernement décréta un couvre-feu, qui, à force de commencer toujours plus tôt le soir et de s'arrêter toujours plus tard le matin, se transforma en un deuxième confinement, que Gérôme passa cette fois à Bièvres. Les subsides importants qu'il recevait de l'État l'aidèrent à ronger son frein.

L'enregistrement se déroula au début de l'année suivante dans des conditions pénibles. Un mètre devait séparer chaque personne présente dans le studio. Un marquage au sol matérialisait cette distance jusque dans les vestiaires et les toilettes. Il fallait aérer les locaux toutes les trois heures. Le port du masque était obligatoire en permanence pour les musiciens. Tout juste si l'on permettait au chanteur de retirer son bâillon quand il se présentait devant le micro… Ce protocole sanitaire très strict excluait tout plaisir à travailler. À peine le dernier accord de guitare eut-il fini de vibrer que Gérôme reçut un mel de Stal, intitulé « Urgent ».

« Maintenant qu'on a le master, il faut qu'on se mette d'accord sur la tracklist et l'artwork. Je t'appelle demain. Biz. »

Le tournage du clip de « Comment ça s'écrie ? » eut lieu sur une plage du Débarquement et dans une forêt normande. En mémoire du Nougaro de

Nougayork, l'album de Gérôme s'intitulerait *Nouveau départ*, nom de la meilleure chanson du duo Cellier-Soler. Stal préconisait qu'un cliché de l'artiste ornât la pochette. Gérôme se rendit donc chez un photographe professionnel, accompagné du directeur artistique de la S.R.P. Celui-ci avait proposé que Gérôme posât, sur un fond gris-bleu, en costume-cravate sombre avec un chronomètre à la main, pour symboliser à la fois sa mue personnelle et l'urgence climatique. Trouvant l'idée originale, le chanteur se prêta au jeu.

À cause du contexte pandémique, les délais de fabrication se trouvaient rallongés. Gérôme dut attendre trois mois avant de pouvoir enfin manipuler son disque. Un livret de dix pages accompagnait la galette. Sur la couverture de l'étui lisse et cartonné, son prénom et son nom, écrits en lettres capitales, se détachaient en caractères blancs au-dessus du titre. Même si, à l'école primaire, certains de ses copains ne s'étaient pas privés de l'appeler « Geronimo » en poussant des cris d'Apaches, Soler était reconnaissant à ses parents d'avoir changé l'initiale de son prénom. Cette légère variante lui permettait de se singulariser parmi la masse des Jérôme de sa génération.

La sortie était prévue pour la fin du mois d'août. Très vite, Stal parla autour de lui d'« album de la consécration ». Il reçut des journalistes auxquels il avait envoyé un titre ou deux des réactions très positives. Plusieurs concerts étaient déjà programmés pour l'automne – à Châteauroux, à Sochaux, à Angoulême. Stal avait pris langue avec quelques grosses salles parisiennes. Delphine avait écouté la maquette de l'album, mais jamais sa version définitive. Un matin, elle l'emporta avec elle en allant travailler. Gérôme marcha sur des charbons ardents jusqu'à sept heures et demie. Quand il entendit la porte s'ouvrir, son cœur se mit à palpiter. Le premier regard qu'elle lui lança le rassura.

— Le mixage a bien équilibré la basse et la batterie. Et le mastering est incroyable. Sur aucun de tes albums tu n'as obtenu un son si pur.

La précision de ses analyses et la finesse de ses remarques excluaient toute flagornerie dans les louanges qu'elle lui adressait. Pendant qu'il débouchait la bouteille d'aligoté avec laquelle il préparerait leurs deux kirs, Delphine se colla à lui par-derrière. Gérôme sentait sa chaleur rassurante se diffuser dans son organisme. Dans le refuge de ces bras-là, il se savait à l'abri des plus sérieux revers de fortune.

— Je suis fière de toi. Je sens que, cette fois, tu vas cartonner.

Ces multiples éloges émoustillaient Gérôme. Il avait beau s'exhorter à garder les pieds sur terre, il imaginait déjà les titres qui barreraient les pages des magazines et les écrans des téléphones. Par exemple : « Gérôme solaire ». Il avait remarqué que cet adjectif était à la mode chez les journalistes. Ou bien : « Le missile Soler » ? Ce serait drôle… Des chiffres de vente mirobolants tournoyaient dans son esprit – et les virements énormes qui suivraient sur son compte en banque. De longue date, Delphine rêvait d'acheter une maison à Bièvres, mais les revenus à la fois aléatoires et insuffisants de son conjoint la frustraient de ce bonheur. Gérôme entrevoyait enfin la possibilité de combler la femme de sa vie grâce au fruit de son labeur.

Cependant pointait en lui une inquiétude : comment réagirait-il, s'il cassait la baraque ? Avant « L'été indien », Joe Dassin avait bien obtenu plusieurs succès, mais jamais de cette ampleur. Lorsque la chanson sort, en 1975, il est au creux de la vague. Du jour au lendemain, il atteint le pinacle. Son quarante-cinq tours se vend en France à huit cent mille exemplaires. Le refrain fait le tour du monde. « Vavavava, vavavavavavava… Et l'on s'aimera encore, lorsque l'amour sera mort… » Soudain, l'argent coule à flots. Il ne peut plus entrer dans une discothèque à la mode sans que les plus belles filles du monde se jettent à ses pieds. Incapable, comme l'immense majorité des êtres humains, de résister à la tentation, cet introverti décide de s'en payer une bonne tranche. Il sombre dans la débauche. L'alcool et la drogue deviennent ses compagnons quotidiens. Il quitte sa femme pour une jeune maîtresse qu'il a rencontrée quelques années plus tôt. Son mariage avec cette jolie blonde au caractère instable part vite à vau-l'eau. La procédure de divorce qu'il entame se transforme en une lutte impitoyable pour la garde de leurs deux fils. Sa carrière se met à battre de l'aile. Les revers qui s'accumulent aggravent les problèmes cardiaques qui entraîneront son infarctus fatal. Une fois exaucés, ses vœux les plus chers ont causé sa perte.

Et Brassens ? Après des années de vaches maigres, le moustachu taciturne commence à trouver son public. À chacun de ses disques sa notoriété devient plus immense. Rapidement, cette célébrité lui pèse. Il supporte mal d'être interpellé à tout bout de champ dans la rue par des inconnus. Pire encore : il s'aperçoit qu'au fil du temps l'écriture lui coûte de plus en plus. Bientôt, il ne peut plus pondre un vers correct sans avoir devant lui la perspective d'une journée de solitude complète. Il voit moins ses amis. Sa vie sociale s'étiole. Au sous-sol de sa maison du quinzième arrondissement, il s'est aménagé un studio d'enregistrement dans lequel il passe ses journées entières. La réussite après laquelle il a toujours couru l'a conduit à se reclure.

Loin d'affaiblir la détermination de Gérôme, ces exemples lamentables la renforçaient. La chanson fameuse de Daniel Balavoine lui trottait dans la tête. « Et partout dans la rue, J'veux qu'on parle de moi, que les filles soient nues, qu'elles se jettent sur moi, qu'elles m'admirent, qu'elles me tuent… » Ces paroles qu'il avait entendues cent fois, il avait l'impression d'en saisir enfin le sens véritable et brûlait d'aller grossir à son tour la cohorte des victimes du vedettariat.

Gérôme Soler marchait vers son destin, au risque de la gloire.

IV
IL EXISTE DES JOURS COMME ÇA, VAUDRAIT MIEUX RESTER DANS LES DRAPS

« Salut Jérôme, trop bien ton nouveau disque ! J'adore ton chgt de style. On se prend un verre bientôt ? »

La lecture de ce texto le transporte de joie. Son nouvel album commence donc à faire des vagues, *deux mois avant sa sortie officielle.* Une chanson – mais laquelle ? – qui aurait fuité sur la Toile ? Ce diable de Stal qui, en activant en sous-main ses réseaux, aurait mis dans sa poche un critique en vue ? Ou, carrément, qui aurait lancé un premier simple sans l'en avertir ?

Un impatient arrêté derrière lui au feu rouge le ramène à la réalité d'un coup d'avertisseur. Gérôme range son téléphone dans le bac de la portière et, au volant de sa Renault Clio, suit son itinéraire machinalement, en essayant de ne pas trop accélérer. Il revient du Leclerc de Massy. Ses observations empiriques lui ont en effet permis de constater que le mardi après-midi est le moment le plus tranquille de la semaine pour faire les commissions. Sous un soleil de plomb, il roule les fenêtres ouvertes, n'utilisant la climatisation que pour les longs trajets. Les vacanciers qui passent leur journée entière à rôtir sur la plage, puis qui, le temps de retourner au camping, règlent à dix-huit degrés la température dans leur automobile, l'agacent prodigieusement par leur inconséquence.

À son prochain arrêt, il relit les quelques mots qu'il a reçus. Le numéro de l'émetteur n'est pas enregistré dans son répertoire, mais le message s'affiche à la suite d'une conversation qui date d'il y a quatre ans – Gérôme déteste changer de téléphone. Son correspondant s'appelle Valéry Rousseau. Le chanteur ignore comment son ancien condisciple du lycée Parc de Vilgénis avait obtenu son numéro, toujours est-il que, peu après la sortie du troisième album, il avait écrit à Gérôme pour le féliciter.

Suite à leur échange de messages, ils avaient vidé quelques canons dans un bar du quatorzième. Gérôme s'était vite aperçu qu'un an à préparer son bac dans la même classe constitue un socle trop fragile pour y édifier vingt ans plus tard une amitié – d'autant qu'en leurs vertes années ils n'avaient pas spécialement l'un avec l'autre d'atomes crochus. Alors il avait coupé court et compte bien s'en tenir là. De toute façon, Gérôme range dans la catégorie des gens à éviter quiconque orthographie mal son prénom.

De retour à la maison, il résiste à la tentation d'appeler Stal, excité à l'idée d'éclaircir l'énigme par lui-même. Comme tous les mardis, Lola dort chez sa grand-mère paternelle. Son absence lui permettra de mener son enquête en toute tranquillité. Dans la chambre parentale, le lit est posé à gauche de la porte, tandis qu'à droite se trouve une penderie spacieuse à panneaux coulissants. Un bureau moderne, en verre, est placé contre le mur du fond, dans l'espace laissé libre par la baie vitrée qui donne sur le balcon.

Assis devant son ordinateur dans un confortable fauteuil à roulettes, il tape son nom et son prénom dans la barre de recherche. L'étonnement le saisit quand il constate que, pour la première fois depuis qu'il a commencé, voilà une dizaine d'années, à s'informer de ce qu'on raconte de lui sur la Toile, le moteur affiche cette phrase, écrite en rouge : « Essayez avec cette orthographe. » Suivent ces deux termes : « jerome soler ». Contrairement au patronyme, le prénom est écrit en gras et en italiques. Il dédaigne cette proposition, irrité qu'un robot entende se substituer à son libre arbitre et même lui suggérer qu'il a commis une erreur, alors que c'est *elle*, la stupide machine, qui se trompe.

Ses yeux reprennent sur l'écran leur parcours

descendant. Sous la phrase est apparu un cadre, rempli d'une spirale psychédélique dans les tons vert vif. L'illustration est ainsi légendée :

« Jérôme Soler – Solaire ».

À la lecture de ces trois mots, Gérôme est frappé d'une commotion prémonitoire. Il sent un fluide glacé irradier de sa poitrine vers ses membres. Son corps se trempe d'une sueur froide. La flèche blanche se transforme en main au moment où elle entre dans la zone de l'image. Gérôme clique, au centre du cadre, sur un triangle isocèle blanc, dont un des sommets est pointé vers la droite. Le micro-processeur rame pendant quelques instants, avant qu'une nouvelle page s'ouvre. S'élève une musique électronique, dont la mélodie aiguë sonne agréablement à son oreille – de celles qu'on a l'impression de connaître depuis toujours, dès la première écoute.

« Solaire, solaire, solaire…
Solaire, com' le système,
Où les dieux t'ont jeté,
Funambule sur ton fil.
Solaire, comme la crème,
Sur les seins de la fille,
Qui bronze à tes côtés.

Sois solaire et espère !
Ton bonheur est dans l'air.

Sois solaire et rayonne !
Cette fois sera la bonne. »

Un peu niais, certes, mais impeccable dans son genre. Une voix claire et bien posée, qui déborde d'allégresse. Les quelques accords au clavier donnent envie de se trémousser sous les cocotiers en tétant la paille plantée dans la glace pilée d'un cocktail. Trois minutes vingt d'énergie pure. À la fin du morceau, ce commentaire s'affiche à l'écran : « Bientôt, le clip officiel. » Gérôme aussi avait caressé l'idée de donner ce titre à l'une de ses chansons, mais, par peur d'être taxé de narcissisme, il a renoncé à ce projet. Il découvre que la chaîne YouTube de Jérôme Soler totalise « 6,59 k » d'abonnés. Sur les deux principaux réseaux sociaux, ils sont plusieurs milliers. Déjà 39 902 vues pour « Solaire ».

Sous l'onglet « Images », des clichés s'affichent par dizaines. Gérôme concentre son attention sur l'un d'eux, qui illustre plusieurs articles différents. On y voit un trentenaire souriant, qui pose debout, accoudé à un comptoir en zinc – probablement dans le bar d'un grand hôtel, si l'on en juge par la patine des tabourets en acajou et l'épaisseur des rideaux en velours. Des cheveux châtains, mi-longs, lui recouvrent les oreilles et la moitié du front. Sa bouche aux lèvres minces est entourée d'une barbe de quatre ou cinq jours, assez fournie. Par contre, sur ses joues rebondies, les poils sont clairsemés. Les prunelles marron dirigent vers l'objectif un regard vaguement canaille. Gérôme décèle dans le fond de l'œil la détermination d'un homme habitué à ne pas s'en laisser conter. Il tient bien droit, mais sans raideur, son buste mince et sec. On devine sous son maillot blanc à manches courtes un torse musculeux. Quelques motifs polynésiens sont tatoués sur ses avant-bras. Il est vêtu d'un jean gris clair qui moule, des cuisses jusqu'aux chevilles, ses jambes fines. Sur la languette de ses baskets blanches, Gérôme distingue le sigle d'un célèbre couturier italien.

D'un mouvement du pied, il fait pivoter son fauteuil. Dos tourné à l'ordinateur, il tripote son téléphone avec des gestes fébriles. Stal prend la communication avant la fin de la première sonnerie. Comment fait ce garçon pour décrocher *toujours* ? Gérôme n'a pas le souvenir d'avoir eu l'occasion d'enregistrer un seul message sur son répondeur. Stal a prononcé son « Oui mon Gérôme ? » d'une voix plus aiguë qu'à l'accoutumée, et dans laquelle le chanteur perçoit une tension inhabituelle. Il a la présence d'esprit de demander :

— Tu sais pourquoi je t'appelle ?

— Je m'en doute, oui. Normalement c'est pas ton heure pour téléphoner.

Gérôme admire l'intelligence que sous-tend cette réponse. Aurait-il su, lui, tirer d'un coup de fil décalé la conclusion qui s'imposait ? Pas sûr…

— Tu le sais depuis longtemps ?

— Une dizaine de jours.

— Pourquoi tu m'as rien dit ?

— Si tu crois que c'était facile...

— C'est pour ça que tu as annulé notre déjeuner, la semaine dernière ?

— Essaie de te mettre à ma place.

Gérôme essuie la sueur qui dégouline le long de ses tempes.

— Et toi, tu t'es mis à la mienne ?

— C'est justement parce que je me suis mis à ta place que j'attendais que tu l'apprennes par toi-même.

Gérôme rumine pendant quelques secondes.

— Il sort d'où, ce connard ?

— C'est un truc de dingue. Le mec a grandi dans les beaux quartiers de Lyon. Il a fait des études de pharmacie. À la fin de son cursus, au lieu de se mettre à bosser, il se lance dans l'humanitaire. Il bourlingue en Afrique, en Asie, dans pas mal de points chauds du globe. Au bout de quatre ou cinq ans, il en a marre et rentre en France. Il a une formation de pianiste au conservatoire, alors il compose des morceaux sur son Mac, pour s'amuser. Il pond la musique de « Solaire » en une nuit. Il ajoute là-dessus quelques paroles pas prise de tête, et boum, il met le truc en ligne sur Spinnup. Un programmateur de radio qui tombe dessus par hasard kiffe la chanson. Il l'ajoute à sa playlist et le public en redemande aussitôt. Le titre devient viral sur les réseaux et bingo !

Gérôme espérait beaucoup de cette conversation. Il pense à ces chirurgiens qui referment un torse, à peine l'ont-ils ouvert, en découvrant que la tumeur au poumon dont ils prévoyaient l'exérèse a tellement métastasé à bas bruit que le cancer est devenu inopérable.

— Un conte de fées. Un vrai conte de fées…

— Mais il a le droit de me piquer mon nom ?

Gérôme se reproche de s'être exprimé d'une voix geignarde.

— Honnêtement, je peux pas te dire. J'ai mis notre juriste sur l'affaire, mais, pour l'instant, on fait chou blanc.

— À quoi ça servirait, dans ce cas-là, que j'aie déposé mon nom à la Sacem ?

Stal répond par un silence gêné. Ainsi, le grand aplanisseur de difficultés avoue son impuissance face à la plus désastreuse d'entre elles ? Gérôme en veut à son thaumaturge d'avoir perdu ses pouvoirs. Il entend Stal soupirer longuement.

— Tu parles d'une scoumoune…

Gérôme passe les deux heures suivantes à chercher sur le site Légifrance un texte de loi qui contraindrait son rival à changer de nom avant que sa notoriété fulgurante ne provoque des dégâts irrémédiables. Il s'égare dans un dédale de codes et de règlements sans trouver la moindre allusion à son cas. Le compteur indique 40 872 vues.

— Oui mon Gérôme ?

— Comment ils comptabilisent sur YouTube ? Ils donnent le nombre de visiteurs uniques ou bien ils ajoutent une unité y compris si la même personne regarde en boucle vingt fois la même vidéo ?

— Visiteur unique. Il faut que l'adresse IP soit inconnue pour ajouter une unité. Mec, débranche-toi d'Internet. Tu te fais du mal pour rien.

Il retourne se plonger dans le droit français. Peu à peu, la notion du temps lui échappe. À peine s'il entend la clé tourner dans la serrure. Le mardi soir, d'habitude, il prépare une petite tambouille que Delphine et lui dégustent autour d'une bonne bouteille.

— Chéri, ça va ?

Il se retourne vers elle comme un automate. Elle agrandit des yeux effarés.

— Gérôme, qu'est-ce qui se passe ? C'est Lola ?

Elle a presque crié. Quelques secondes de réflexion, puis il agite la tête de droite et de gauche, hébété.

— Non. Non. T'inquiète pas.

— Mais qu'est-ce qui t'arrive ? Tu t'es donné une insolation ?

En temps normal, il se délecte des tournures

désuètes qu'elle emploie régulièrement. En l'occurrence, il n'y prend pas garde.

— Ton téléphone.

— Quoi, mon téléphone ?

— Tape Jérôme Soler sur ton téléphone. Avec un J au prénom.

Contrairement à lui, elle achète toujours un portable du dernier cri. Elle fouille dans son sac en le dévisageant d'un air suspicieux. À la vue des résultats, elle plisse les paupières.

— Qu'est-ce que c'est que ça… Mais qu'est-ce que c'est que ça ?

Avec son index, elle clique sur l'écran. Le haut-parleur crachote les premières notes de la mélodie entraînante.

« Sois solaire et espère !
Ton bonheur est dans l'air.
Sois solaire et rayonne !
Cette fois sera la bonne. »

— Oh, mince… Mince…

— Dis-moi le nombre de vues ?

— Quarante et un mille neuf cent vingt-deux.

Gérôme réfléchit quelques secondes.

— Il fait du cinq cents vues à l'heure.

— *Cinq cents vues à l'heure ?* C'est pas possible…

Elle s'assied sur le lit, les jambes coupées.

Les yeux de Gérôme voient qu'elle porte une élégante robe en lin bleu ciel, une ceinture et de jolies ballerines bleu marine, sans que ces marques de coquetterie atteignent sa conscience.

— Je la connais, cette chanson. Je l'ai entendue dans la voiture l'autre soir en rentrant. Mais j'avais pas fait gaffe au nom du mec.

— Et comment tu l'avais trouvée ?

Elle répond du tac au tac, en haussant les épaules.

— Insignifiante.

Gérôme la dévisage pour essayer de déceler dans sa physionomie une trace d'insincérité.

— Mais il a le droit, cet abruti, de s'appeler comme toi ?

Gérôme est touché que la mère de sa fille aborde le problème avec la même ingénuité que lui. Elle se passe la main sur le front d'un air las. Assurant que la chaleur lui donne envie d'un repas froid, elle propose à Gérôme de commander deux menus à leur restaurant japonais favori. Malgré sa bonne volonté, il ne parvient pas à finir son plateau de sushis.

V
C'EST TROIS FOIS RIEN, UNE CHANSON

Ils ont laissé la fenêtre ouverte pour la nuit, bien qu'ils eussent réglé à pleine puissance le ventilateur. Le zonzonnement de l'appareil le berçait, jusqu'au moment où il a remarqué que, toutes les trente secondes environ, une des pales de l'hélice frôlait la grille de protection. Ce frottement obsédant l'a tenu éveillé jusqu'à trois heures. Un type qui, dans l'immeuble construit à la perpendiculaire du leur, expectorait des glaires dans sa salle de bains l'a tiré du sommeil à quatre heures treize. Impossible, ensuite, de refermer l'œil.

Quand Delphine s'est levée, il a fait mine d'être assoupi. Avant de partir, elle est venue le câliner. Il espère qu'elle saura adapter son comportement aux circonstances, car il sent que le ton de commisération dont elle use à son égard depuis la veille lui deviendra vite intolérable.

Gérôme est convaincu que, dans l'ensemble, les êtres humains ramassent dans leur vie à peu près le même nombre de tuiles sur le coin de la figure. Il en a déduit que l'individu moyen doit porter sa croix sans trop pleurnicher. Pour sa part, il avait connu jusqu'alors deux gros coups durs.

Le premier s'est produit quelques semaines après qu'il a obtenu son bac. Lui et son frère Yann, qui est de quatre ans son aîné, habitaient encore chez leurs parents, dans une petite maison à Jouy-en-Josas. Un dimanche, Christian et Monique Soler les ont réunis autour d'un déjeuner solennel. Ils ont annoncé à leurs fils qu'ayant rempli leur devoir de parents ils s'estimaient désormais en droit de poursuivre leur vie personnelle comme ils l'entendaient, c'est-à-dire chacun de son côté. Son père s'est exilé à Orsay, dans un appartement. Quelques mois plus tard, il s'est retrouvé une compagne, auprès de laquelle il coule depuis lors des jours tranquilles. Sa mère, qui a gardé la maison, assure que la vie de couple appartient pour elle à un passé révolu. Plus jamais elle ne lavera les chaussettes d'un homme ni ne repassera ses chemises. Elle profite de son célibat pour découvrir les plaisirs dont le carcan familial l'a privée : les plateaux-télé en solo, les voyages entre copines et – elle ne s'en cache guère – les aventures sans lendemain.

Dix ans se sont écoulés avant que se produise le second malheur. Gérôme a vécu, de vingt-quatre à vingt-huit ans, une histoire avec Vanessa Mallet, comptable à la mairie de Massy, où il exerçait les fonctions de médiateur culturel. Ils avaient emménagé ensemble dans un grand deux-pièces à Arcueil, pour s'apercevoir quelques mois plus tard qu'au quotidien leurs caractères respectifs étaient incompatibles. Ils s'étaient quittés en bons termes, mais Gérôme, qui avait beaucoup misé sur cette relation, avait conçu de cet échec une déception cruelle.

Dans les deux cas, il a suivi la même méthode : pour éviter de ressasser ses déboires, il s'est fixé un objectif à moyen terme, dont il n'a pas dévié. Après le divorce de ses parents, il s'est jeté à corps perdu dans les études. Son sérieux lui a permis d'obtenir avec une mention la première année de sa licence de musicologie à l'université d'Évry.

Quant à sa rupture amoureuse, elle est devenue le terreau dans lequel son premier disque a plongé ses racines. Ces six titres, qu'il ne réécoute pas sans rougir, lui ont permis à la fois de s'exorciser de sa peine et de se mettre le pied à l'étrier, puisqu'il a rencontré Stéphane Rigal à la soirée de lancement.

Peut-être parce que le temps en a estompé la douleur, ces deux drames lui semblent de peu de portée au regard de celui qui le frappe aujourd'hui. Fidèle à sa méthode, il décide néanmoins d'anticiper les répétitions de sa prochaine tournée. Le premier concert est prévu pour début novembre. Gérôme rempilera avec sa bande de musiciens attitrés : le Renard à la batterie, Enguerrand à la basse et Hugo à la guitare. Ces trois-là l'accompagnaient pendant son précédent tour de chant et ont participé à l'enregistrement de l'album. À la mi-septembre, ils séjourneront ensemble dans une petite ville de Normandie. La salle de concert locale, la Tanière, les accueillera dans le cadre d'une « résidence de création », financée à parts égales par la Tanière elle-même, le ministère de la Culture et la S.R.P.

Pendant ces quatre jours d'activité intense, le spectacle se mettra en place. Un comédien de théâtre aidera Gérôme à améliorer son jeu de scène. Ses musiciens et lui travailleront l'enchaînement des morceaux et les passages délicats de chaque titre. Un ingénieur du son peaufinera la « façade », c'est-à-dire ce qu'entend le public dans la salle, et le « retour », c'est-à-dire ce qu'entendent les musiciens sur la scène. Gérôme ne prévoit jamais de gros effets de lumière, néanmoins un régisseur viendra lécher l'éclairage. Ils ont une deuxième session prévue pour le mois d'octobre, en Champagne. Les quelques concerts qu'ils donneront ensuite en province permettront de régler les derniers détails avant la grande soirée parisienne. En présence des journaleux et des professionnels, hors de question que le spectacle sente encore la « peinture fraîche », pour parler comme Stal. En général, il ajoute en clignant de l'œil : « On n'a pas deux fois l'occasion de faire une bonne première impression. »

Vingt-quatre heures après que le ciel lui est tombé sur la tête, Gérôme a rameuté les troupes. Les quatre compères se sont retrouvés en Seine-et-Marne, où le Renard a transformé en studio de répétition la grange contiguë à sa maison. Gérôme était ému que les gars lui aient manifesté leur solidarité en acceptant de participer gracieusement à cette séance informelle. Pour un intermittent du spectacle, le moindre cachet compte, s'il veut atteindre les fameuses cinq cent sept heures de travail annuelles qui lui permettront de toucher, le cas échéant, des indemnités de chômage.

Les retrouvailles ont eu lieu autour d'un café, dans une ambiance plutôt lourde. Les gars fuyaient son regard. Tout juste s'ils ne lui ont pas présenté leurs condoléances, sans évoquer directement le sujet. Au fil de la journée, et quelques bières aidant, les fronts se sont déridés. Ils ont joué cinq ou six morceaux, réfléchi aux différentes parties du concert, distribué les rôles. Par exemple, le solo du Renard, au milieu de « Nouveau départ », sera rallongé d'une bonne minute. Ce diable de batteur a le don de survolter le public. Les pistes de cordes, qui ont été numérisées lors de l'enregistrement en studio, c'est lui aussi qui les lancera, au cas où Stal refuserait d'embaucher pour la tournée un violoniste et un contrebassiste. « L'avantage d'une machine, aime-t-il à répéter, c'est qu'elle n'a jamais faim ni sommeil ! »

Ce premier bœuf a requinqué Gérôme. Voilà presque une semaine qu'au prix d'une discipline de fer il suit la consigne de Stal et s'interdit de chercher à propos de Soler le moindre renseignement. Au fil des jours, la tentation diminue en intensité, comme pendant un sevrage alcoolique. Il a même recommencé à dormir à peu près normalement. Après tout, s'il s'en tient aux résolutions qu'il avait prises à ses débuts, que change à sa vie l'apparition de cet intrus ?

En ce mardi après-midi, il s'apprête à se mettre aux fourneaux. Aujourd'hui, le chef cuisinera pour sa chère et tendre un rôti de veau aux légumes d'été, précédé d'un gaspacho vert. Il entend préparer cette soupe très à l'avance, afin qu'elle reste plusieurs heures au réfrigérateur. En regroupant les ingrédients (concombre, épinards, citron, piment d'Espelette, eau minérale), il s'aperçoit qu'il a oublié d'acheter du persil. Agacé par son étourderie, il hésite pendant quelques minutes à se transporter jusqu'à la petite épicerie qui est située près de la gare. Gérôme ne fréquente qu'en dernier recours ce magasin qui pratique des prix prohibitifs. Finalement, son perfectionnisme l'emporte.

La boutique occupe le rez-de-chaussée d'une belle maison de deux étages en pierres meulières. Sur l'étal des fruits et légumes exposé devant la vitrine aux regards du chaland, Gérôme repère entre les tomates et les poivrons un bouquet de persil pas trop ratatiné.

Son trophée à la main, il se dirige vers l'entrée de la boutique d'un pas guilleret. Une légère odeur de renfermé stagne dans la salle rectangulaire qui s'étend à sa droite, éclairée d'une lumière blanchâtre. Le magasin vient de rouvrir, après ses deux heures de fermeture méridienne. Aucun client ne circule devant les rayonnages bien remplis qui couvrent les murs du sol au plafond. Seule une employée est agenouillée au pied d'une grande gondole centrale. Elle sort d'un carton des bouteilles d'huile, qu'elle aligne sur l'étagère du bas. Branchée sur une station commerciale, la radio diffuse à fort volume des publicités.

— Bonjour, madame !

La femme lève vers lui un visage pâle, à la peau molle, aux yeux cernés. Au sommet de son crâne, une raie sépare ses cheveux noirs mal peignés. Ils sont gris sur un centimètre, à la racine. Depuis trois ou quatre mois qu'il ne l'avait revue, elle a pris un coup de vieux.

Elle répond à son salut, sollicite de sa part quelques secondes de patience.

— Mais je vous en prie, madame. Prenez votre temps.

Quelques secondes de silence, puis :

— On n'est pas aux pièces !

Il est content de son jeu de mots, mais il doute qu'elle l'ait compris, car elle ne marque aucune réaction. Quel boulot de galérien… Si la peur du ridicule ne le retenait pas, Gérôme irait prêter main-forte à cette pauvre quinquagénaire. Il compatit de tout cœur avec celles qui exercent l'ingrat et fatigant métier de caissière. Depuis longtemps, il projette d'écrire une chanson à leur gloire.

— Heureusement que le temps s'est rafraîchi.

— C'est sûr ! Le pire c'était mardi dernier. En rentrant chez moi, j'étais morte !

Gérôme se revoit devant son ordinateur, découvrant l'horrible chose.

— Oh oui, qu'est-ce qu'il a fait chaud mardi dernier !

La malheureuse se relève en soupirant. Elle porte un pantalon en toile noire passée et un corsage informe. Elle se meut en traînant des pieds, gênée par son embonpoint. Au moment où elle passe derrière sa caisse, un morceau démarre à la radio. Elle tape sur son clavier les trois chiffres du code de l'article.

— Ça nous fera un euro quatre-vingt-quinze, s'il vous plaît.

En même temps qu'elle attrape le billet que lui tend Gérôme, elle se met à fredonner en remuant légèrement le haut des épaules, puis pioche de la monnaie dans son tiroir automatique à casiers.

— Ça va, je vous dérange pas trop ?

— Comment ça ?

— Vous pourriez vous abstenir de chanter quand vous êtes en présence d'un client.

À ses lèvres monte un sourire de tendresse.

— Je sais pas pourquoi elle me rent' aussi facilement dans la tête cette chanson. Hier, je l'ai entendue en prenant mon petit déjeuner. Eh bah j'ai pas pu me l'enlever du crâne de toute la journée !

— Madame, vous êtes d'une impolitesse rare !

La caissière se renfrogne.

— J'avais pas l'intention d'être impolie. Cinq centimes qui font deux, et trois euros qui font cinq.

Gérôme empoche nerveusement ses pièces. Il avait espéré s'imposer d'emblée et remporter une victoire facile en impressionnant son adversaire par son ton péremptoire, au lieu de quoi il entend sa voix qui flanche et monte dans les aigus.

— Et vous insistez, en plus ? Au lieu de vous excuser ? C'est la meilleure, celle-là !

— M'excuser parce que j'ai chanté dix secondes à ma caisse ?

— Vous auriez chanté toute la chanson si je ne vous avais pas interrompue.

Gérôme sent qu'il perd son souffle. Appliquant les méthodes de sa professeur de chant, il tente de retrouver son calme en effectuant de discrets exercices respiratoires.

— Et alors ? Y a des choses plus graves dans la vie.

Il tend la main vers elle, paume dirigée vers le bas.

— Ah, gardez votre philosophie pour vous, hein ? Quand je viens dans un supermarché, j'ai le droit qu'on me traite avec respect. « Le client est roi. » Apparemment, cette règle d'or ne vous dit rien. Appelez-moi le responsable.

La caissière le dévisage d'un œil hostile.

— Monsieur, vous êtes parti trop loin, là. Vous allez me faire des ennuis juste pour deux, trois mots que j'ai chantés ?

— C'est un peu tard pour y penser, madame. *Je vous dis de m'appeler le responsable !*

— Il est pas là, le mardi après-midi. Il travaille dans son aut' boutique. Il sera là qu'à six heures.

Gérôme serre les maxillaires, sous le coup de la contrariété. L'idée de refaire un aller-retour jusqu'ici le décourage.

— Alors je l'appellerai. Donnez-moi son numéro.

La caissière griffonne les dix chiffres au dos du ticket de caisse.

— Ô combien même j'aurais peut-être pas dû chanter, c'est trop abusé comme réaction.

— Épargnez-moi vos commentaires. C'est moi qui décide comment je régis. Comment je réagis.

— Toute façon, il est en pénurie de personnel. Depuis le confinement, plus personne veut bosser, alors…

Alors qu'il glisse le morceau de papier dans la poche arrière de son pantalon, une nouvelle bouffée de colère le submerge.

— Je n'en resterai pas là. Je vous préviens

que je n'en resterai pas là. Un mépris pareil… *C'est invraisemblable !*

Un solide fond de politesse le pousse à baragouiner un salut qu'il regrette aussitôt, car la femme s'abstient d'y répondre. Il sort en trombe de l'épicerie, dans laquelle il revient trois minutes plus tard. Sans lui accorder un regard ni prononcer une parole, la caissière lui tend le bouquet de persil qu'il avait laissé sur le tapis roulant. Il ne commet pas la même erreur et s'en va cette fois sans dire au revoir.

Tandis qu'il arpente les trottoirs, le sang qui bat à ses tempes lui brouille la vue. Peu à peu, une honte rétrospective l'envahit. Jamais de sa vie il n'avait perdu ainsi son quant-à-soi devant une inconnue… Il s'est donné en spectacle, ni plus ni moins.

De retour chez lui, il allume sa tablette. Le nombre de vues a dépassé la barre des huit cent mille. Le clip de « Solaire » est en ligne. La production a joué à fond la carte du tube de l'été. Le tournage a eu lieu à Ibiza. Dans un bar en bord de plage, des filles sublimes en maillot de bain se déhanchent en lançant des œillades vers la caméra. En claquettes, bermuda et chemisette à fleurs, Soler gambade au milieu de ces naïades, leur accordant parfois un baiser sur la joue, une caresse sous le menton.

Gérôme écrase le ticket de caisse dans sa main, avant de lancer la boulette ainsi formée dans la corbeille à papier. Le projectile rebondit contre la paroi intérieure de la poubelle et retombe sur le parquet. Il se lève en maudissant sa maladresse. La caissière l'a humilié en toute innocence. Quelle expression de douceur elle avait sur le visage quand elle chantonnait le refrain ! « Sois solaire et espère ! Ton bonheur est dans l'air. Sois solaire et rayonne ! Cette fois sera la bonne. »

Soler donne du bonheur aux attristés, rend du courage aux affligés. Quelle plus belle réussite pour un chanteur ? Son titre plaît aux Français dans toute leur diversité, qu'importe leur génération ou leur condition sociale. Il émeut jusqu'aux plus humbles – public auquel, Gérôme s'en aperçoit soudain, il ne pourra jamais prétendre. Il comprend à quel point il s'est fourvoyé, depuis ses débuts. Ses chansons ne collent pas assez à la vie réelle. Trop cérébrales et trop élitistes, elles manquent de la spontanéité et du naturel qui permettent d'émouvoir la multitude. Et probablement son nouvel album souffre-t-il des mêmes tares…

Sa gorge se serre. Ce salaud de Soler a tapé dans le mille, lui, grâce à quelques mots simples. Ne sommes-nous pas tous des funambules égarés dans l'univers et promis, malgré nos efforts dérisoires pour garder l'équilibre sur le fil tendu entre l'éternité qui a précédé notre naissance et celle qui suivra notre mort, à une chute inexorable dans le néant ? Et qu'y a-t-il d'autre que le désir et la joie – consolations éphémères qu'expriment les vers suivants – pour échapper à notre condition atroce ?

Il a l'impression qu'une main de fer fouille à tâtons l'intérieur de sa poitrine pour lui arracher le cœur. Son homonyme a réussi du premier coup là où Gérôme échoue depuis des années. Il est devenu riche et célèbre à toute vitesse, sans le moindre effort, sans même le vouloir vraiment. Un coup de maître.

À la fin du morceau, Soler s'élance du pont d'un yacht et exécute un superbe saut de l'ange. Il est bien bâti, le salaud. Pas un gramme de graisse sur ses abdominaux imberbes. Les images ralentissent à mesure qu'il approche de l'onde. Son entrée dans la Méditerranée s'accompagne d'une gerbe d'écume, dont les gouttelettes scintillent dans le soleil couchant.

Avec un peu de chance, il a croisé un ban de méduses en remontant à la surface. Autour de son torse et de ses membres ces affreuses bestioles enroulent par dizaines leurs filaments urticants. À peine a-t-il gravi l'échelle qu'un vertige le saisit. L'injection massive de venin provoque un choc anaphylactique. On l'allonge à même le cuir luxueux d'une banquette. Les pompiers lui prodiguent en vain plusieurs massages cardiaques. Dans l'hélicoptère qui l'emporte vers l'hôpital d'Eivissa, Jérôme Soler exhale son dernier soupir en caleçon de bain.

CHAPITRE 6
QUE VIVE LA FLAMME

Assis dans la voiture haute, Gérôme respire mal sous son masque. La chaleur monte, à l'approche de midi. Les yeux clos, la tête appuyée contre la vitre, il se laisse bercer par les cahotements du train en écoutant un album d'Étienne Daho, qui date du début des années deux mille. Ce disque compte au nombre de ceux qui ont suscité sa vocation de chanteur. À l'époque, il se le repassait jusqu'à cinq fois par jour. Un matin, devant la machine à café de la mairie de Massy, la grande brune bien roulée qui le précédait dans la file fredonnait : « Vois tout au fond de moi, Ce brasier qui ne s'éteint pas… » Le refrain de sa chanson préférée du fameux album… Gérôme lui avait spontanément adressé la parole. Elle s'appelait Vanessa Mallet. Au printemps suivant, les amoureux avaient pris une semaine de vacances pour suivre le chanteur dans sa tournée, et assisté à trois concerts, dans trois villes différentes.

Des mois que Gérôme n'avait plus écouté ce disque… Et, ce matin, une mélodie lui est revenue en mémoire, peut-être parce que les soyeux accords de violon le ramènent à une période heureuse de sa vie. Alors que le R.E.R. quitte la gare d'Athis-Mons, Gérôme consulte machinalement sa boîte électronique. Une certaine Sophie Nuss lui a écrit ce message, via son site officiel (www.geromesoler.fr) :

« Bonjour jérome, j'adore ta chanson. vraiment sympa ton site. Je savais pas que t'avait enregistré des disques avant Solaire. J' arrive pas a trouve le lien vers le clip. Merci encore et bravo ! »

Un coup d'œil aux statistiques de fréquentation de son site lui apprend que le nombre des visites hebdomadaires s'élève désormais à deux mille. En une semaine, le trafic a été multiplié par cinquante. Incapable de concentrer plus longtemps son attention sur les chansons de Daho, il range ses écouteurs sans fil dans leur boîtier et, se plaçant du point de vue de cette Sophie Nuss, essaye de reconstituer le cheminement mental qui l'a conduite à lui envoyer ce mel à côté de la plaque. Toutefois, cette méprise révèle une telle accumulation d'erreurs absurdes que la pénétration de Gérôme est prise en défaut. Cette femme n'a-t-elle donc regardé aucune photo de lui ? Ne s'est-elle pas demandé, par exemple, comment les cheveux d'un chauve pouvaient repousser ?

Lisant sur des panneaux bleus qui défilent au bord de ses yeux les mots « Châtelet-Les Halles », il quitte sa place. Un escalier mécanique le monte jusqu'à l'immense salle d'échanges, basse de plafond, éclairée d'une lumière froide et traversée d'odeurs douteuses. Gérôme a lu quelque part que cette station est la plus grande gare souterraine d'Europe. Il la traverse en slalomant entre les dizaines d'usagers qui se croisent en tous sens, comme s'ils ricochaient, telles des boules de flipper, contre les piliers énormes qui soutiennent le plafond bas. Des femmes de ménage immigrées regagnent leur banlieue après leur journée de travail qui a commencé dès l'aube. Des touristes égarés poussent à côté d'eux de grosses valises à roulettes. Des étudiants barbus effectuent à toute allure un parcours qu'ils connaissent par cœur. Gérôme cherche la sortie 13. Alors qu'il ralentit le pas pour lire les panneaux indicateurs, une femme qui le suivait le heurte de l'épaule en claquant de la langue pour signifier son mécontentement. Dépassant par leur gauche des usagers statiques, il emprunte sur une centaine de mètres un tapis roulant, qui se termine par une pente assez forte. Un dédale de couloirs le sépare encore d'un escalier qui débouche dans la rue des Lavandières-Sainte-Opportune.

Bien que Gérôme ait dix minutes d'avance, Stal est déjà attablé, sous un auvent, devant la vitrine d'un bistrot qui fait l'angle avec une ruelle piétonnière. L'été précédent, pour rattraper le manque à gagner consécutif au confinement, les restaurateurs ont été autorisés à étendre leur terrasse très avant sur les trottoirs. La mesure a été reconduite cette année. Des tables ont même été ajoutées dans de petits enclos temporaires en planches qui empiètent sur la chaussée, condamnant des places de stationnement.

En apercevant Gérôme, Stal se lève. Il porte un polo mauve de marque anglaise, tout neuf, suffisamment large pour ne pas accuser ses formes dodues. Sur ses joues rebondies, sa barbe est moins fournie qu'à l'habitude. Ses cheveux noirs sont raccourcis également. Ce léger changement d'aspect durcit son visage, sur lequel la jovialité coutumière a laissé la place à une certaine réserve. Les deux hommes se touchent mutuellement le coude.

— Comment ça va, mon Gérôme ?

Le chanteur s'abstient de répondre à la question, dont le ton manquait d'entrain. Il voit s'approcher d'eux un jeune et grand roux maigrelet aux cheveux courts. Ses pommettes sont couvertes de taches de son. Il appuie au dossier d'une chaise voisine l'ardoise qu'il portait sous le bras. Stal et Gérôme choisissent la formule du déjeuner, qui comprend, pour vingt-quatre euros cinquante, une entrée, un plat et un dessert. Stal demande à goûter le vin rouge sans sulfites que le garçon lui a conseillé.

— Punaise, quelle chaleur…, dit-il.

Gérôme observe son interlocuteur. Il semble frais comme un gardon. Seule une mince pellicule de sueur sur son front décèle un peu d'inconfort. Le chanteur, quant à lui, doit essuyer régulièrement les gouttes qui perlent à ses tempes. Entre ses omoplates, il sent s'élargir sur son maillot blanc à manches courtes une auréole humide.

— Alors, cette répète ? Les gars de la team m'ont dit que c'était sympa.

Gérôme hausse les épaules. Après une hésitation, il se décide à lever l'incertitude qui le tracasse.

— Tu crois qu'on aura les moyens d'avoir un violon et une contrebasse pour la soirée parisienne ?

Le regard de Stal se perd dans le vide.

— J'espère.

— Tu le sauras quand ?

— Bientôt, je pense. Je suis en pleine négo.

Gérôme perçoit dans ces réponses une gêne inhabituelle. Ce flou artistique ne lui dit rien qui vaille. Lui qui s'attendait à entamer au sujet de ses concerts une conversation poussée, il ressent le dépit un peu humiliant du type qui, s'élançant pour une excursion à vélo, donne un premier coup de pédale et s'aperçoit que la chaîne a déraillé.

Le grand rouquin est revenu avec à la main une bouteille de rouquin portugais. Il entame un laïus où il est question de « vignes cultivées en agriculture biologique », d'un « assemblage de quatre cépages », d'une « fraîcheur végétale qui vient de l'Atlantique », de « notes florales » et d'un « bel équilibre en bouche ».

Stal agite d'une main experte le liquide grenat que le garçon a versé au fond de son verre tulipe, au-dessus duquel il approche son nez un peu aplati. Enfin, il boit une gorgée, qu'il fait tourner dans sa bouche avant de l'avaler. Puis il hoche la tête.

— Très bien, oui.

Gérôme opine du chef quand le serveur lui montre la bouteille d'un air interrogateur.

— Tu as eu un retour de la juriste ?

Stal fait la grimace.

— *Bad news from the stars…*

Il déplie sa serviette sur ses genoux.

— Ton nom est protégé, d'accord, mais vos deux noms ne sont pas tout à fait semblables.

— Tu plaisantes ? Pour une lettre de différence ?

— D'un point de vue légal, ça change tout. De toute façon, rien n'interdit à un chanteur de garder son vrai nom. S'il s'était appelé Thomas Dutronc, il aurait pris de lui-même un pseudo. Tout est une question de notoriété.

Gérôme a toujours eu du mal à évaluer la

sienne. La plupart du temps, il est convaincu d'être un parfait quidam. Mais il s'interroge parfois, quand des passants lui lancent des regards insistants. Peut-être tout simplement que sa tête ne leur revient pas ? Ou bien qu'elle leur rappelle quelqu'un de leur connaissance ? De nos jours, on croise dans les rues tellement de types au crâne rasé, avec une barbe courte et des montures de lunettes un peu chics.

De temps en temps, dans une soirée, un inconnu l'accoste et le complimente, assurant qu'il attend son « prochain opus » avec impatience. Alors Gérôme se promet d'arrêter de douter de son talent. L'été précédent, chez un loueur de voitures à Alès, l'employée lui a demandé d'un ton respectueux, après avoir rempli la paperasserie :

— Vous êtes bien le Gérôme Soler qui fait des disques ?

Il a répondu par l'affirmative, flatté.

— Ma cousine est fan de vous.

Delphine a vu dans cet épisode la preuve tangible qu'elle a raison de considérer son chéri comme un héros.

— Là, il joue sur du velours. Il plaidera tout simplement la bonne foi. Je ne vois pas ce qu'un juge pourra trouver à redire à cet argument.

Exaspéré par les branlements de leur table métallique, Gérôme, qui n'a trouvé aucun papier dans ses poches, a demandé au serveur de leur apporter une cale. Ne sachant plus où donner de la tête, celui-ci tarde à lui donner satisfaction.

— Il savait que j'existais quand il a posté son titre ?

Stal remonte d'un geste machinal ses lunettes rondes sur son nez.

— Aucune idée. Il ne répond pas à mes textos, il ne décroche pas quand je l'appelle. En ce moment, son téléphone doit sonner deux cents fois par jour. Toutes radios confondues, sa chanson passe toutes les heures sur la bande FM. Je peux te dire que tu es le cadet de ses soucis.

Il lève de sa terrine de lapereau ses petits yeux profondément enfoncés dans leurs orbites. Une fois de plus, Gérôme est subjugué par la vivacité d'esprit et l'énergie qu'expriment ses prunelles sombres.

— Il va jouer dans la cour de l'Élysée pour la fête de la Musique. Macron a rajouté son set au dernier moment.

Il a parlé vite, comme on tire d'un coup sec pour arracher un sparadrap collé sur une plaie à vif.

— Le président a surkiffé le titre. Il dit que c'est une mine d'énergie positive pour les Françaises et les Français après dix-huit mois de pandémie.

Gérôme avale la couleuvre en même temps que sa burrata.

— Il a été invité juste pour une chanson ?

Stal baisse le regard et fait non de la tête.

— Trois. Soler en avait deux autres sous le coude.

Gérôme supporte mal que Stal appelle son rival par son patronyme. Cette pratique donne à la situation un surcroît de réalité qui lui déchire le cœur. Peut-être devraient-ils se mettre d'accord pour l'affubler entre eux deux d'un surnom affectueux ? « L'Enfoiré », par exemple ? Ou « le Blaireau » ?

— Il a signé avec une major pour un E.P. de six titres. La sortie est prévue pour octobre.

Gérôme se tasse sur sa chaise. En plus de lui couper le souffle, les directs à répétition qu'il reçoit au plexus aggravent sa sudation. L'air circule mal sous l'auvent. Et puis la terrasse s'est remplie. Plus une chaise de libre dans ce petit espace. Gérôme a l'impression que la vingtaine de personnes qui l'entourent sont autant de radiateurs réglés à trente-sept degrés. Tous ces gens parlent trop fort.

— J'ai reçu un appel des salles où tu dois jouer en novembre.

Gérôme dévisage le fameux fondateur de la maison S.R.P. Impossible de déceler la moindre émotion sur sa face. Fruit d'un patient travail, cette impassibilité qu'exige son métier lui est devenue naturelle. Gérôme prend soudain conscience de la distance qui les sépare. Se connaissent-ils, au fond ? Depuis cinq ans qu'a commencé leur collaboration, ils n'ont rien échangé d'autre que des banalités sur leurs enfants respectifs – Stal en a deux – ou des idées générales sur la politique – qui leur ont permis de savoir qu'ils partageaient peu ou prou les mêmes valeurs. Leurs discussions les plus longues ont concerné les chansons, les chanteurs, les disques… Jamais encore ils n'ont traversé de tempêtes, à la violence desquelles s'éprouve la solidité d'une relation.

— À Limoges, ils ont été complets en une semaine quand Soler a annoncé sur les réseaux qu'il sortirait bientôt un disque. Pareil à Châteauroux.

Comment Gérôme a-t-il pu croire que des liens d'amitié le liaient à son producteur ? Il loue *in petto* la clairvoyance de Delphine, qui répète souvent cet adage : « On ne mélange pas les affaires et les affects. » La frontière est fatalement plus poreuse dans son métier que dans celui des assurances, parce que les sentiments sont la matière première que travaille un chanteur.

— En tout cas, il a une belle brochette de neuneus parmi ses fans, le beau Jérôme ! Tu te rends compte ? Le niveau de bêtise que ça suppose d'acheter une place pour ton concert en pensant qu'on ira voir l'autre Soler…

Stal découpe une belle rondelle de sa saucisse de Toulouse.

— Une bêtise incroyable, *incommensurable*… Devant des comportements pareils, je m'aperçois que je me fais encore trop d'illusions sur la nature humaine.

Son regard se voile d'une tristesse fugace.

— Bref, les patrons de salle craignent qu'il y ait des échauffourées à l'entrée quand les foules découvriront leur erreur. Ils parlent d'annuler ton concert.

Gérôme prend sur lui pour contenir les larmes qu'il sent monter. Après ces mois d'isolement, il piaffait d'impatience à l'idée de retrouver son public. Par chance, le trac n'a pas de prise sur lui. Au contraire, la pensée que des spectateurs ont payé pour venir l'applaudir provoque en lui une euphorie qui confine à l'excitation sexuelle. La gratitude qu'il voue à ses admirateurs le pousse à se surpasser en scène, raison pour laquelle il jouit, chez les programmateurs, d'une excellente réputation. Et puis il aime l'ambiance des tournées, les déconnades royales avec les copains pendant les trajets en minibus, l'effervescence qui précède les concerts, l'épuisement délectable qui leur succède.

L'annulation de ces soirées entraînerait celle des répétitions ; et celle des séjours en Normandie et en Champagne. Comment va-t-il occuper son temps ? Accessoirement, comment va-t-il remplir son réfrigérateur ? Privé de scène, donc privé de cachets et de chômage. Il ne peut pas vivre ad vitam aeternam aux crochets de Delphine. Le Blaireau, avec ses jeans trop serrés, combien va-t-il palper, lui ? Des euros par centaines de milliers, sans doute.

— Avec un peu de chance, si la Sacem se

trompe de Soler, l'année prochaine, tu toucheras le pactole en royalties.

Stal lui sourit en repoussant son assiette vide, puis grignote les miettes de l'excellent pain qui accompagnait leur repas.

— J'essaie de dédramatiser. Il paraît que le rire c'est la politesse du désespoir, non ?

Gérôme lui est reconnaissant d'avoir porté, sans chercher à biaiser, le diagnostic exact sur son présent état d'âme. Il y perçoit une forme de respect. Aussi, la remarque révèle que son manager s'associe pleinement à son malheur. Quand Gérôme lui demande quel est son plan d'action, Stal tord la bouche.

— Remonter la côte, sous la pluie, avec le vent de face…

Il se redresse sur sa chaise, pose ses coudes sur la table et sonde son interlocuteur d'un regard perçant, tâchant de deviner s'il est mûr pour entendre la phrase préparée de longue date.

— Il y aurait peut-être une alternative…

Gérôme en saliverait presque. Un chien affamé, auquel on présente un os à ronger.

— Dis-moi ?

— Reporter la sortie de *Nouveau départ*.

Gérôme se reproche sa naïveté. Comment n'a-t-il pas anticipé cette proposition ? Elle le scandalise, pourtant. Il s'estime trahi.

— Tu veux rire, j'espère ?

Il a répondu avec un filet de voix aiguë, comme avec la caissière. Il sent que la peau de ses joues est parcourue de petites secousses incontrôlables.

— Je sais que c'est dur à entendre, mais il faut prendre en compte la réalité. Ce serait trop dommage de t'envoyer au casse-pipe avec un si bel album. Quand je vois déferler le raz-de-marée, je me dis qu'il vaut mieux se mettre à l'abri que d'essayer de l'arrêter avec ses bras.

Il prélève dans son paris-brest de gros morceaux, qu'il avale avec gourmandise.

— On laisse refluer la vague et on avise. Peut-être que Soler va se vautrer avec son E.P. et que l'année prochaine on parlera plus de lui. Pour le narguer, tu iras acheter de l'aspirine dans son officine.

Gérôme, qui n'a pas touché à sa tarte au citron meringuée, s'interroge sur la signification de cette phrase, avant de se souvenir que son rival est docteur en pharmacie. Qu'attend donc cet enfoiré pour retourner à ses premières amours ? Ne serait-il pas élégant, derrière une vitre en plexiglas, paré d'une blouse blanche immaculée ?

— Je te demande pas de me répondre tout de suite. Prends le temps de réfléchir. Parles-en avec Delph. Et on fait le point la semaine prochaine.

Tandis qu'il boit son café, Stal essaye d'aiguiller la conversation vers d'autres sujets. Devant l'insuccès de ses tentatives, il demande l'addition, puis arrête le geste du chanteur quand il porte la main à sa poche.

— C'est pour moi, mon Gérôme.

Il lève la tête vers le serveur.

— Vous me ferez une note, s'il vous plaît.

Ils attendent toujours leur cale.

CHAPITRE 7
TOI ET MOI CONTRE LE MONDE ENTIER

Gérôme avait décidé qu'il profiterait de son déjeuner pour s'acheter un maillot de bain, en prévision de ses prochaines vacances. Parvenu au quatrième étage du B.H.V., il s'est rendu compte que cette emplette, aussi triviale fût-elle, dépassait ses forces, car elle l'obligeait à se projeter dans un avenir que les annonces de Stal avaient rendu invivable. Il se cabrait au moment de s'y engager, telle une bête affolée au seuil de la dernière station de la chaîne d'abattage.

En partant, il avait baissé tous les volets électriques pour conserver de la fraîcheur dans l'appartement. Il les a rouverts dans la pièce principale, orientée plein est, puis il a erré, désœuvré, de la cuisine au salon. La simple idée d'écouter un disque lui inspirait du dégoût. Il se savait incapable de lire la moindre ligne, comme aussi de s'intéresser à une série ou à un film. Dans la chambre sombre, son lit l'attirait irrésistiblement. Il a émergé vingt minutes plus tard d'un sommeil profond, mais a commis l'erreur de se tourner sur le côté et a continué à somnoler jusqu'au milieu de l'après-midi. Au lieu de le retaper, cette sieste trop longue l'a déprimé davantage encore.

Sa mère, pressée de filer à son cours de yoga, a déposé Lola au bas de l'immeuble sans même monter le saluer. Remarquant l'air soucieux de la petite quand elle l'a embrassé, Gérôme lui a annoncé tout à trac qu'il tiendrait, dès le dimanche suivant, sa vieille promesse de l'emmener au spectacle de Guignol. La voix blanche avec laquelle elle l'a remercié a alarmé son père. Elle est allée se doucher sans ajouter un mot.

Le jour J, ils optent, entre les deux séances de l'après-midi, pour celle de quatre heures. À peine arrivent-ils au Jardin d'Acclimatation qu'un automobiliste libère devant eux une place de stationnement gratuit, hasard providentiel qui, selon Gérôme, laisse bien augurer de leur virée – d'autant qu'il réussit ensuite en deux manœuvres un créneau parfait. Sur le trottoir caillouteux qui longe les grilles du parc, ils se tordent les pieds en respirant des odeurs d'écuries. Le théâtre voisine avec un centre hippique, à l'intérieur duquel des adolescentes sérieuses tirent par les rennes de fiers alezans jusqu'à leur box. Gérôme et Lola franchissent, sous l'œil d'un vigile en uniforme, les portiques de sécurité. À la caisse, ils apprennent que, pour cause de covid, le spectacle se jouera en plein air. Le castelet rouge est posé, à cinq minutes de là, au bord d'une placette ronde, recouverte de gravier et entourée d'arbres en pleine sève, dont les feuillages forment un superbe camaïeu de verts. Le rideau est encore tiré devant la scène, flanquée de deux volets ouverts. Sur celui de droite, des lattes dessinent un z, sur celui de gauche, la même lettre, mais inversée. Lola rejoint les enfants qui patientent dans le calme, sur des sièges métalliques alignés dans l'herbe. Quelques parents sont allongés sur le gazon, d'autres se sont assis dans des fauteuils, un peu à l'écart. Adossé au tronc d'un tilleul, Gérôme observe, attendri, Lola qui vibre aux rebondissements de l'intrigue. Il admire le talent du marionnettiste, qui parvient, nonobstant ses idées noires et un scénario des plus banals, à capter son attention : Guignol réussira-t-il à prendre les deux semaines de vacances que lui ont accordées ses employeurs, M. Edmond et Mme Eugénie ? Il doit déjouer pour ce faire les multiples manigances de leur chauffeur, le sinistre M. Albert, qui voudrait partir aux mêmes dates que lui. Ce fourbe termine à la cave, après que Guignol l'a assommé à coups de bâton, bien aidé dans cette rossée par les indications que lui a fournies le public.

Revenue à la réalité, Lola étire ses membres. Elle exprime l'envie, plutôt que de participer à une attraction, de manger une gaufre. Ils s'installent, en terrasse d'une chaumière normande, sur une table rectangulaire en planches, dont les bancs sont solidaires du plateau.

Gérôme regarde sa fille mordre à belles dents dans sa gaufre dont chaque alvéole est remplie de pâte à tartiner pralinée. Ses grosses incisives ont poussé un peu vers l'avant. Une légère dépression se creuse au bout de son nez mignon. Appliquée à mastiquer, elle fronce les sourcils, qui se rejoignent presque à l'endroit de sa glabelle.

— C'est bon ?

Elle hoche la tête en l'observant de ses yeux bleus magnifiques qu'elle a hérités de sa mère. Son père lui a légué ses cheveux bruns.

— Papa ?

— Oui, mon cœur ?

— Mardi à la récré y a des filles d'une autre classe qui m'ont demandé si le chanteur Jérôme Soler il est de ma famille. Quand je leur ai dit c'est mon père, elles se sont moquées de moi.

— Vraiment ? Et pourquoi elles se sont moquées de toi ?

— Elles ont dit que Jérôme Soler il est trop jeune pour avoir des enfants. Mais moi j'ai insisté, je leur ai dit que mon père c'est le chanteur Gérôme Soler. Alors elles m'ont traitée de mytho et elles m'ont montré des photos du vrai Jérôme Soler et elles se sont moquées de moi quand je leur ai dit que lui c'était pas mon père. Après elles ont passé la chanson « Solaire » hyper fort et elles étaient mortes de rire.

Gérôme s'en veut d'obliger Lola à porter un si lourd fardeau. Que la malédiction qui le frappe se transmette à sa descendance accentue son humiliation.

— Et comment tu as réagi ?

— Comme j'ai senti que j'allais pleurer eh ben j'ai fait semblant d'aller aux toilettes.

Il caresse la peau douce de ses joues roses.

— Je suis fier de toi, mon cœur. Tu as très bien fait de m'en parler. Si ces filles recommencent ne serait-ce qu'une seule fois à t'embêter, tu me le diras. Et avec maman on ira voir la directrice et nous réglerons cette histoire très vite.

Lola essuie les larmes qui perlaient à ses paupières et utilise sa serviette en papier pour se moucher.

— Papa, tu l'aimes bien la chanson « Solaire » ?

Il hausse les épaules.

— Des fois oui, des fois non. Et toi ?

— Moi aussi. Des fois oui, des fois non. Pourquoi le monsieur il s'appelle comme toi ?

— C'est un hasard. Et puis il ne s'appelle pas vraiment comme moi.

Lola a repris sa dégustation.

— Quéoucrist quououmaulaire pluouannu teuta ?

— Lola, on ne parle pas la bouche pleine.

Elle avale sa bouchée d'un grand coup de glotte.

— T'es triste que Jérôme Soler il est plus connu que toi ?

Gérôme se creuse les méninges avant de répondre.

— J'essaie de ne pas me poser la question.

— Hier chez mamie avant de m'endormir j'ai réfléchi que si j'avais une fille dans ma classe qui s'appelle comme moi et qui avait que des meilleures notes que moi, je serais triste.

D'autres enfants de cet âge ont-ils la maturité pour élaborer des raisonnements aussi subtils ou bien Lola est-elle une surdouée ? Depuis le temps que Delphine évoque le sujet, ils devraient soumettre leur fille à un test de Q.I.

— Pour les chanteurs c'est différent. Le succès n'est pas l'équivalent d'une note. Il y a de mauvais chanteurs qui vendent beaucoup de disques, et de bons chanteurs qui en vendent peu, car le goût du public est parfois mauvais.

Lola l'écoute attentivement, les yeux fixés devant elle.

— Par exemple, Gainsbourg. Ses meilleurs albums ont été des échecs à leur sortie. La chanson que tu aimes bien, « L'Homme à la tête de chou », elle n'a pas marché du tout. Par contre, quand il en a fait des médiocres comme « L'Ami Caouette » ou « See, Sex and Sun », il les a vendues comme des petits pains. Donc, la qualité d'un disque n'implique pas forcément son succès. Et inversement.

Un peu pour lui-même, Gérôme murmure :

— Le nec plus ultra, c'est quand un album magistral remporte un triomphe. Bashung a connu ce bonheur-là plusieurs fois dans sa vie…

Gérôme a eu le privilège d'assister à l'un des derniers concerts du Maître, à l'Élysée-Montmartre. Bashung luttait alors contre le cancer qui l'emporterait quelques semaines plus tard. Il était entré sur scène à pas comptés, coiffé d'un chapeau de feutre pour dissimuler sa calvitie consécutive à la chimiothérapie. Des lunettes noires donnaient à son visage bouffi au teint cireux un aspect mystérieux. Il avait saisi le micro avec des gestes qui, ralentis par la fatigue, touchaient au grandiose. Conquis d'avance, les spectateurs avaient constaté, non sans étonnement, que la maladie n'avait pas altéré la puissance de sa voix. On sentait que chacune des syllabes que le chanteur arrachait au silence lui enlevait un peu de ses dernières forces. On sentait aussi qu'entre son art et la vie, il avait choisi.

Emporté par ses songeries, Gérôme ajoute :

— C'est vrai aussi pour les poètes. Victor Hugo était célèbre dans le monde entier de son vivant, mais personne ne connaissait Arthur Rimbaud quand il est mort. Pourtant, cent cinquante ans plus tard, tu as appris « Le Dormeur du val ».

À l'expression de Lola, Gérôme comprend que

la matière grise fonctionne à plein régime sous son front bombé. Brusquement rassérénée, elle s'essuie les doigts avec la deuxième serviette que lui apportée le serveur et se replace derrière l'oreille une mèche de cheveux rebelle.

— Eh ben moi, papa, tu seras toujours mon Gérôme Soler préféré.

Gérôme sent sa gorge se serrer.

— Et toi, tu seras toujours ma Lola préférée.

Il quitte son siège et la soulève de terre. Après une tendre accolade, elle s'installe confortablement au creux de son coude, puis passe le revers de son index sur le cou de son père.

— J'aime bien ta peau, papa. Elle est pas trop froide ni trop chaude. Elle est juste à la bonne température.

Décidément, oui, un test de Q.I. En même temps qu'il la repose sur le plancher des vaches, Gérôme dit :

— C'est un trou de verdure où chante une rivière… À toi !

— Accrochant follement aux herbes des haillons…

En gambadant vers la sortie, ils récitent à tour de rôle le poème jusqu'à sa chute tragique.

CHAPITRE 8
SOUS LE CIEL DE PARIS S'ENVOLE UNE CHANSON

Le Renard arrête sa voiture devant chez Gérôme, moteur en marche. Ils reviennent de Morsang-sur-Orge. À l'occasion de la fête de la Musique, la mairie avait organisé sur le parvis du château un concert gratuit, au cours duquel se sont succédé une dizaine d'artistes. Le Renard a mis ses talents de batteur au service d'une formation de rock. Ce grand gaillard tient son surnom de ses épais cheveux roux, qu'il attache en queue-de-cheval. Il détache du volant ses gros doigts velus aux ongles longs.

— Allez, salut, vieux. Merci d'être venu.

Ils touchent leur poing droit respectif.

— Essaie de pas trop te miner quand même.

Gérôme signifie d'une mimique que cette recommandation relève de l'impossible.

— Et toi, tâche de conduire doucement. En cas de contrôle, t'es bon pour un retrait de permis.

En même temps qu'il gagne son immeuble, le chanteur explore les poches de son pantalon, avant de se souvenir qu'il a rangé ses clés dans son blouson. Au deuxième, il déverrouille la porte avec moins de discrétion qu'il l'aurait souhaité. Le parquet du couloir craque sous ses pas. Alors qu'il pensait rentrer dans un appartement endormi, il distingue une forme dans le salon. Delphine est allongée dans l'obscurité, en travers du canapé en tissu beige, visage tourné dans sa direction. Sa tête, qui repose sur un coussin appuyé contre l'accoudoir, est entourée d'un casque audio. Percevant de la lumière au travers de ses paupières closes, elle enlève les écouteurs de ses oreilles.

— Tu rentres tard, dit-elle en se redressant.

Elle s'est exprimée sur le ton de la simple constatation.

— On a bu un canon, après.

— Comment va le Renard ?

— Plutôt bien. Il cachetonne pas mal en ce moment. Du coup, il encaisse les pépettes.

— Son concert était bon ?

— Bof. Ce groupe-là n'est pas trop ma came.

Avec des mouvements un peu brusques, il se dirige vers la cuisine équipée d'éléments modernes, dans les tons marron. Il est satisfait de constater que sa mémoire ne l'a pas trahi : trois cannettes de bière, lui montrant leur cul, sont sagement blotties l'une contre l'autre, à l'horizontale, sur la plus basse des tablettes du réfrigérateur. Il s'assied dans une des bergères Second Empire que Delphine a héritées de sa grand-mère. La table basse en plexiglas rouge qui les sépare du canapé a été dessinée par une créatrice espagnole. Gérôme aime cet assemblage disparate de meubles récents et anciens.

— – Alors, ce coup de fil avec Mme Lefebvre ?

Delphine avait avec la maîtresse d'école de Lola un rendez-vous téléphonique auquel Gérôme, qui avait rendez-vous, de longue date, pour se faire dévitaliser une dent, n'a pas pu assister.

— C'est préoccupant. Pour l'instant, elle parvient à gérer la situation dans sa classe, mais dans la cour les moqueries continuent. Elle a peur que ça tourne au harcèlement.

L'anecdote s'est répandue dans les classes comme une traînée de poudre. Lola est désormais affublée du surnom de « Mytho ». Un groupe d'une dizaine de filles le lui répètent à longueur de journée avant d'éclater de rire. Ou bien elles chantent « Solaire » à tue-tête en lui demandant comment va son père.

Gérôme découvre à cette occasion des aspects de la société qui lui étaient totalement inconnus. Le monde a continué d'avancer sans lui, laissant sur le bord de la route l'ancêtre qu'il est devenu. Il se demande depuis combien de temps il évolue ainsi dans une réalité parallèle, sans aucun rapport avec la vie concrète. Par exemple, il ignorait qu'à l'école de Lola vingt pour cent des élèves de C.E.1 ont un compte sur les réseaux sociaux, quand bien même la loi interdit de s'y inscrire avant l'âge de onze ans. De même, l'usage des téléphones portables est proscrit dans l'enceinte de l'établissement. Cette interdiction fait toutefois l'objet d'une transgression si massive qu'un retour en arrière paraît inenvisageable. En obligeant les élèves à respecter le règlement intérieur, on les condamnerait à la marginalité. Plus aucune institution étatique, nulle part sur la Terre, ne semble en mesure de soustraire les citoyens, et moins encore les plus jeunes d'entre eux, à la mainmise des Gafam. Comment faisaient-ils, les cadors de Silicon Valley, les Steve Jobs, les Bill Gates, pour imposer à leurs propres rejetons une discipline stricte quant à l'utilisation des appareils électroniques ?

Gérôme a eu pour premier réflexe d'imaginer une chanson sur ce phénomène, avant de se souvenir qu'il est désormais réduit au silence. Non pas qu'un régime totalitaire le muselle pour l'empêcher de délivrer son message au monde – ce serait lui faire trop d'honneur. Il conserve au contraire une totale liberté d'expression, il a le droit de parler aussi fort, aussi longtemps qu'il le souhaite, de débiter les pires sornettes ou d'énoncer les plus brillants aphorismes. Simplement, personne n'entend sa voix, comme dans un cauchemar dont il ne se réveillera jamais.

— La maîtresse m'a conseillé de retirer Lola

de l'école d'ici les grandes vacances. On l'enverra chez mes parents pour qu'elle se change les idées. Ils l'ont inscrite à un stage de danse.

Gérôme approuve cette initiative. Il croise les jambes, remuant nerveusement son pied droit.

— Qu'est-ce que tu écoutais ?

— Ton dernier album. Plus je me le repasse et plus je l'aime.

Il ne peut se résoudre à la remercier. Loin de le flatter, ces compliments le mortifient. Quel crédit peut-il accorder au soutien de sa compagne, quand le reste de ses semblables le rejettent à l'unanimité ? Il a manqué de précision dans la description du cauchemar : en réalité, ses propos demeurent audibles, mais uniquement pour le cercle très restreint de ses proches, qu'il contamine avec l'étrange peste dont il est atteint.

Il expose à Delphine les propositions de Stal. Elle s'abîme dans ses pensées, en terminant à petites gorgées la tisane qui refroidissait dans une théière.

— Ça se défend.

Gérôme espérait d'elle un soutien plus affirmé.

— Alors j'abandonne le terrain, sans même livrer la bataille ?

À cette perspective, son corps est agité de tremblements.

— Non. Tu te replies pour mieux contre-attaquer. Tu ne vas quand même pas accepter qu'un album dans lequel tu as mis le meilleur de toi-même pendant trois ans passe inaperçu parce qu'un tocard qui s'appelle comme toi fait au même moment un carton avec une chanson débile…

Les yeux plissés, Gérôme agite la tête de droite et de gauche.

— Moi je la trouve pas si nulle. Ça existe, les gens qui dégagent une telle énergie qu'ils attirent à eux tous les regards dès qu'ils entrent quelque part. Qui ne rêve pas d'avoir ce pouvoir ? Soler a exprimé en quelques vers sans prétention une aspiration universelle. C'est aussi ça, écrire une bonne chanson.

— Non, désolée, je ne suis pas d'accord. Son refrain rappelle plus les boys band que les grandes heures de la chanson française… Tu te serais vu, toi, en train de chanter un truc aussi creux ? Sans compter que musicalement on approche du zéro absolu.

Gérôme est ébranlé. Il aurait tendance à partager l'avis de Delphine, mais ne parvient plus à se fier à son propre jugement, tellement ses perceptions sont déformées par la jalousie.

— Attends de voir à quoi va ressembler son E.P. À mon avis, ce mec-là c'est un feu de paille. Dans un an, on n'en parlera plus. Je peux t'en citer plein, des gens qui ont disparu de la circulation après leur premier tube.

Elle le fatigue, avec sa manie de « chercher du positif dans n'importe quelle situation », selon son expression fétiche.

— Dis-moi ?

Elle avait dû se préparer à cette discussion, car elle répond du tac au tac.

— Les 4 Non Blondes. Ou l'Italienne qui a fait « Freed from Desire ». Nananananana... Je dansais là-dessus comme une folle quand j'avais dix-sept ans.

— Mais chez les Français ?

— Pff... Je t'en trouve à la pelle... « Voyage, voyage ». « Femme libérée ». « Chacun fait ce qui lui plaît ». Au final, on a même oublié comment ils s'appelaient.

— Pas du tout. « Voyage, voyage » c'était Desireless, avec sa brosse sur la tête. « Femme libérée » c'était les Alsaciens du groupe Cookie Dingler. Et la troisième c'était le fameux duo de Chagrin d'amour. La fille a fait quelques beaux succès, après, sous le pseudo de Valli. J'aime bien, moi, « Place de la Madeleine ». Ça vous a un petit côté Birkin américaine qui n'est pas mal du tout.

Delphine lève les yeux au plafond.

— Tout le monde n'est pas comme toi une encyclopédie vivante de la chanson française...

Il entend, de loin, s'approcher un vélomoteur, dont le pot d'échappement crevé provoque un vrombissement aigu qui lui scie les nerfs. Combien de centaines de gens cet abruti va-t-il réveiller sur son passage en toute impunité ? Gérôme se dit à chaque fois qu'il subit de telles agressions que la police devrait saisir systématiquement ce genre d'engins, non sans avoir infligé à son propriétaire une amende salée.

— Et si le cauchemar empire ? S'il cartonne encore plus ? S'il devient le nouveau Patrick Bruel ?

À son tour, elle se trouve à court d'arguments. Gérôme décapsule une deuxième bière, qu'il biberonne en tournant en rond dans le salon. Soudain, ses yeux s'éclairent d'une lueur mauvaise. Il s'immobilise et dit d'une voix radoucie :

— Tu l'aimes bien, Jacques Bral ?

— Jacques Bral ?

— Oui, Jacques Bral.

— Tu veux dire Jacques Brel ?

— Non, Bral. Jacques Bral.

Delphine fait une moue d'impuissance.

— Jamais entendu parler.

— Ben moi non plus j'en ai jamais entendu parler ! Et Léon Ferré, tu le connais ? Il a fait quelques beaux disques, pourtant, Léon Ferré.

Il pose sa bouteille sur la table basse et se laisse retomber dans le fauteuil.

— Pour qu'un chanteur laisse une trace dans la mémoire des gens, il faut qu'il porte un nom à lui, tu comprends ? *Rien qu'à lui !* Sans que personne puisse le confondre avec un autre.

Il se prend la tête dans les mains, suivant du regard les motifs labyrinthiques du tapis.

— Ma vie est foutue, je te dis ! Foutue !

— Ta vie est foutue ?

Delphine écarquille les yeux.

— Et moi ? Et Lola ? On n'existe pas ?

Gérôme claque de la langue, excédé.

— Ma vie artistique, je veux dire…

Il préfère éviter de préciser qu'il n'a plus d'autre vie qu'artistique. Le covid, la montée des populismes, le réchauffement climatique, ses amis, sa famille ? À peu de chose près, ces affaires-là il s'en tamponne. Il a lu quelque part que Georges Simenon, alors qu'il restait bloqué sur un passage du roman qu'il était en train d'écrire, avait proposé une balade à sa femme. Soudain, il se plante devant elle et, sans aucune raison, il la gifle, avant de retourner à son cabinet de travail. Le soir venu, il la prie d'excuser sa brutalité, expliquant qu'il avait besoin, pour la scène qui lui donnait du fil à retordre, de voir la surprise qui se lit sur le visage d'une femme quand elle reçoit une claque à l'improviste. Et Bertolucci, réalisateur mondialement célèbre du *Dernier tango à Paris* ? De mèche avec Marlon Brando, il tourne la scène de la sodomie sans prévenir Maria Schneider qu'il utilisera du beurre comme lubrifiant, dans le but que son actrice ne joue pas l'humiliation et la rage devant la caméra, mais qu'elle les *ressente*. Quant à Karajan, il n'a pas hésité à adhérer au parti nazi en 1935, afin d'obtenir le poste prestigieux de directeur de la musique d'Aix-la-Chapelle. Gérôme est persuadé qu'il basculerait vite, lui aussi, dans le camp des salauds. Il se sent capable des pires turpitudes pour enrayer le mécanisme qui le broie.

— « Ma vie est foutue… » Ça alors ! Tu manques pas d'air !

Il regarde apparaître avec déplaisir sur la face de sa compagne une expression peu amène qu'il n'y avait jamais vue – mélange d'amertume et de colère. Elle se lève d'un seul élan.

— Je préfère aller me coucher, tiens. En plus, tu pues l'alcool !

Soulagé par ce départ, il ouvre la dernière bière et s'accoude à la fenêtre. La pluie qui a menacé toute la soirée se met à tomber. Pourvu que cette averse se soit abattue sur la capitale au moment même où Soler est monté sur la scène, dans la cour du palais présidentiel…

Alors qu'il n'est pas parvenu naguère à se mettre à la place de l'idiote Sophie Nuss, Gérôme éprouve par toutes ses fibres la jouissance que ressent Jérôme du haut de son firmament. Une joie sans mélange coule dans ses veines depuis que son talent est reconnu par des foules ferventes. Devant lui toute difficulté s'aplanit, grâce au respect spontané qu'inspire le succès. Ses courtisans l'entourent des doux empressements dont jouit quiconque attire sur son nom de fortes sommes d'argent. Présentement, il virevolte, son micro à la main, galvanisé par la puissance des décibels qui s'échappent des enceintes géantes.

La pluie redouble. Gérôme referme la fenêtre. D'ordinaire, la ville s'anime, pendant la nuit du 21 juin. Pour la deuxième année consécutive, les concerts de rue ont été annulés. Il règne sur Bièvres un silence de sépulcre.

CHAPITRE 9
QUOI DE PLUS DIFFICILE QUE D'ÊTRE INUTILE ?

Sur les instances de Gérôme, la juriste de la S.R.P. a envoyé une mise en demeure à Jérôme Soler, lui enjoignant de changer son nom d'artiste. Stal a consenti bien à contrecœur à se lancer dans cette procédure, dont il redoutait l'effet boomerang. De fait, les avocats de Jérôme Soler ont riposté en demandant vingt mille euros de dommages et intérêts pour dénonciation calomnieuse et procédure abusive. Dans le communiqué qu'ils ont publié, ils affirmaient que le « troisième couteau » Gérôme Soler profitait de l'aubaine dans l'espoir de « connaître enfin son quart d'heure de célébrité warholien ». Le jugement de l'affaire a été fixé à la mi-octobre.

D'ici-là, la guerre des Soler aura eu lieu, car Gérôme a décidé que son album sortirait bel et bien à la date prévue. Il se sent de taille à infliger au jeune fat une défaite cuisante, qui restera dans les annales de la chanson française. Il va pulvériser ce faussaire.

Gérôme aurait peut-être suivi les conseils de Stal et de Delphine, s'il n'avait sur son disque la signature de Noël Janin. Quand on a dans son camp un parolier de cette trempe, on ne capitule pas sans combattre. Des dizaines de chanteurs rêveraient d'inscrire à leur répertoire un texte signé de ce bonhomme. Et Gérôme, lui, en a deux ! Sans compter que la carrière du Renard connaît un décollage inouï. Il est en pourparlers avec le producteur de Dylan pour participer, en tant que doublure, à la prochaine tournée européenne du Rimbaud du rock. Gérôme recueillera forcément un peu de la lumière de ce coup de projecteur.

La S.R.P. envoie *Nouveau départ* à tous les journalistes de France et de Navarre. Dès le lendemain, Gérôme se remet à mal dormir. Il emmène sa petite famille sur la Costa Dorada. Les deux semaines qu'ils passent en août dans la maisonnette qu'ils ont louée dans les hauteurs de Cambrils méritent-elles de s'appeler des vacances ? Les radios locales diffusent régulièrement la rengaine maudite. « Sois solaire et espère, blablabla, blablabla… » Dans les boutiques de vêtements ou chez les glaciers du port, quand une touriste allemande ou une serveuse espagnole entonne le refrain en écorchant le français, Delphine et Lola font celles qui n'ont rien entendu.

Les tensions qui sont apparues entre les deux conjoints au début de l'été ne sont pas apaisées. Pour tout arranger, Gérôme est privé de libido depuis qu'il a été aspiré dans le trou noir. Malgré la détente, le soleil et les bains de mer, aucun coït nocturne, ni grasse matinée coquine, ni sieste crapuleuse à signaler. Cette abstinence gâte d'autant plus leurs rapports que Gérôme était auparavant un partenaire endurant et presque quotidien. Puisque Delphine ne fait pas d'allusion à une quelconque frustration, Gérôme préfère reporter *sine die* l'heure des éclaircissements.

Il s'oblige à descendre à la plage sans son téléphone. Le reste de la journée, il s'interdit, au prix d'efforts surhumains, de regarder plus d'une fois par heure cet engin diabolique dont le mutisme entêté le jette dans l'abattement.

Ses proches ne lui témoignent leur soutien qu'avec parcimonie.

Très fière de son parcours, sa mère butine le moindre article qui s'écrit sur son fils, mais émet au premier prétexte le regret qu'il ait quitté son poste à la mairie, qui lui assurait la sécurité de l'emploi. Elle trouve dans cette mésaventure la confirmation de ses craintes. Pour sa part, son père évite soigneusement d'évoquer le sujet. Ce représentant de commerce qui a trimé toute sa vie pour offrir à sa famille un quotidien confortable a toujours considéré que « pousser la chansonnette, ce n'est pas un métier ». Quant à son frère Yann, qui s'est installé cinq ans plus tôt à Perpignan, ville natale de son épouse, il passe avec elle et leurs enfants le mois de juillet au Mexique.

Depuis que sa femme, professeur de physique-chimie, a été mutée au lycée français de Quito, Cédric Cellier vit au Pérou. Sa nouvelle bande dessinée marche du feu de dieu. Logiquement, le Renard est accaparé par ses répétitions avant son audition cruciale.

Comment reprocher aux gens d'avoir d'autres chats à fouetter que de s'apitoyer sur le sort de Gérôme Soler ?

Stal lui envoie quelques mels dans lesquels il exhorte son poulain à la patience : chaque journée ne compte que vingt-quatre heures, et les journalistes sont ensevelis sous les tombereaux de disques qu'ils reçoivent. L'équipe de la S.R.P., assure-t-il, est mobilisée H24 pour assurer à *Nouveau départ* le succès qu'il mérite.

Un soir qu'accablé de soucis il sort d'un poste d'essence, Gérôme heurte un trottoir avec la roue avant droite de sa Clio en négociant mal un virage. Le lendemain, il constate que le pneu est à plat et découvre par la même occasion qu'il ignore comment changer une roue. Pendant qu'il s'escrime sur le cric, la vue brouillée par des gouttes de sueur, Delphine s'occupe de trouver dans les environs un garage Renault. Gérôme parcourt avec la galette les vingt kilomètres qui le séparent de la concession de Tarragone, où des techniciens lui apprennent qu'ils devront remplacer également le pneu avant gauche, car le modèle n'est plus fabriqué par le constructeur. Or il est nécessaire de rouler avec des pneus identiques à chaque essieu. Le choc qu'a subi la voiture exige également de vérifier le parallélisme des roues. Cette opération alourdit encore la facture. En tout, son erreur d'inattention lui aura coûté trois cents euros.

Nouveau départ sort dans l'indifférence générale. Même les critiques qui ont remarqué ses précédents albums s'abstiennent de répondre aux relances de l'attachée de presse de la S.R.P., la belle Antillaise Jade.

À se demander si Gérôme a déjà sorti des disques, s'il est déjà monté sur une scène, si des gens ont applaudi ses tours de chant. Il a disparu des radars, comme l'avion de Mort Schuman à l'approche du triangle des Bermudes. Sur sa chaîne YouTube, le clip de « Comment ça s'écrie » est visionné quelques centaines de fois. Via son site internet, Gérôme reçoit chaque jour quelques messages, rédigés la plupart du temps par des internautes du sexe féminin. L'une lui assure qu'elle le préférait avec des cheveux, l'autre l'invite à dîner dans un étoilé de son choix, une troisième lui avoue qu'après avoir dansé tout l'été sur « Solaire » elle attendait de sa part un premier album plus « péchu ».

À peine de retour au travail, Delphine est

repartie le pied au plancher. Dieu merci, la rentrée de Lola s'est déroulée sans encombre. La chipie qui menait la cabale a déménagé pendant l'été. Ces deux derniers mois, les réseaux sociaux ont vu défiler, sous le couvert de l'anonymat, tant de milliers d'injures, de diffamations et de mensonges que cette affaire est entrée dans la préhistoire.

Pendant la semaine, Gérôme parvient à se lever pour emmener Lola à l'école, puis il occupe sa matinée en corvées de ménage et de lessives. Après le déjeuner (qu'il prend seul, car la petite mange à la cantine), la longue plage de temps qui s'étend devant lui le plonge dans l'angoisse. Il a renouvelé son abonnement à la salle de sport, mais la motivation lui fait défaut pour soulever des altères en grimaçant de douleur. Après quatre heures et demie, les devoirs de Lola l'occupent jusqu'au début de la soirée, où approche enfin le moment de préparer le dîner. Pendant un exercice de mathématiques, il reçoit un soir un appel de Stal. Dans son message, le producteur annonce à son poulain d'une voix gênée qu'il souhaiterait l'entretenir d'une question importante. Le temps que Lola ait terminé de décomposer le nombre 5781 en milliers, en centaines, en dizaines et en unités, son père s'isole dans la chambre parentale.

— Salut mon Gérôme !

Le ton joyeux et faussement détaché de son interlocuteur ne lui dit rien qui vaille.

— Soler a une grosse tournée de prévue, à l'automne. Ses producteurs ont bien aimé ton album. Ils nous proposent un deal gagnant-gagnant : tu fais la première partie de Soler, on oublie la mise en demeure et ses avocats retirent leur plainte.

Gérôme respire la bonne odeur de linge propre qui embaume la pièce. En changeant les draps ce matin, il pensait justement qu'il aurait préféré tailler la route en minibus d'une ville à l'autre, plutôt que de gaspiller son énergie en tâches domestiques. Il se laisse choir sur le lit, suffoquant d'indignation.

— Ils disent que « Jérôme et Gérôme » ça serait rigolo sur un flyer. T'en penses quoi, toi ?

Nul doute qu'un tel arrangement permettrait à la S.R.P. de remplir copieusement ses caisses. Le chanteur murmure :

— Je ne comprends même pas comment tu oses me poser la question.

— OK, mon Gérôme, OK. Pas de soucis. Je voulais juste être sûr.

Cette reculade immédiate, signe du respect que Stal continue de lui vouer, console un peu Gérôme, mais son estime de lui-même se détériore encore, entraînant une chute vertigineuse de son moral. Dans l'ensemble, il passe au plumard un temps considérable. Un jour, un appel de la directrice le réveille. Sa sieste a tellement duré que Lola est restée seule à l'attendre devant l'école. Encore dans les vapes, il a la présence d'esprit de prétexter un rendez-vous qui s'est éternisé chez le dentiste. « Vous auriez pu me prévenir », répond la directrice d'un ton sec. En apprenant l'incident, Delphine sort de ses gonds. Il ne la reconnaît plus, elle d'ordinaire si placide.

Ce n'est que vingt-quatre heures plus tard qu'il s'assied dans le fauteuil du dentiste. La dévitalisation d'une dent implique en effet la pose d'une couronne. Cette petite capsule en vitrocéramique que le praticien fixe sur ladite dent lui coûte, même après le remboursement de la mutuelle, la bagatelle de quatre cents euros.

Stal lui envoie un mel laconique : « Bravo, mec ! » Suit un lien vers le blog d'un mélomane belge. Celui-ci consacre à son dernier disque un article laudateur qui totalise deux cent trente-six lectures. Le texte se termine par : « Nous étions quelques-uns à savoir que Gérôme Soler faisait partie des chanteurs qui montent dans le paysage musical français. Avec ce quatrième opus, il confirme nos espoirs. Voilà un *Nouveau départ* qui porte bien son nom. » Gérôme juge nécessaire d'écrire à son admirateur pour le remercier de ses éloges. Il sent le vent regonfler ses voiles quand Stal l'appelle afin de lui promettre pour bientôt une très, très grande surprise. De fait, *Libération* lui consacre une colonne dans son édition du lendemain. Gérôme est particulièrement heureux que le journaliste ait remarqué ses progrès : « Fragile et posée, précise et expressive, la voix solaire n'en rajoute pas. Sans ironie, pose ou affectation, elle paraît parfois s'étonner des mots qu'elle porte. »

Sachant que les journalistes se lisent beaucoup entre eux, Gérôme espère que cet article sera le premier d'une longue série. Quelques dizaines de téléchargements viennent confirmer qu'un frémissement s'est produit. Le trafic double sur son site internet. Puis le vent retombe et l'esquif Soler s'immobilise à nouveau, encalminé dans l'océan des productions audiovisuelles.

Stal lui annonce dans un mel glacial que la justice a relaxé la S.R.P. des accusations qui pesaient sur elle, mais que sa maison devra néanmoins payer des frais de justice qui s'élèvent à mille cinq cents euros. Il lui confirme l'annulation de tous ses concerts prévus pour l'automne.

C'est qu'entre-temps l'inéluctable est advenu. En restant éloigné des postes de radio et des écrans, Gérôme a retardé le plus longtemps possible son supplice. Mais il tombe un soir sur une courte émission qu'une chaîne du service public, dans cet espace un peu fourre-tout qui suit le Journal de 20 heures, consacre à l'album de Jérôme Soler. Le premier simple s'appelle « Ma réponse », sorte de rap survitaminé qui donnerait des fourmis dans les jambes à un paralytique.

« Ma réponse à Trump est qu'il est un con.
Ma réponse au curé c'est que j'te dis oui.
Ma réponse à ta sœur c'est que j'lui dis non.
La réponse à la mort me vient quand tu jouis.
Ma réponse, ma réponse, ma réponse… »

À la deuxième répétition, Soler allonge la syllabe du milieu et l's final. Sa voix monte haut dans les aigus, sans jamais lâcher la note ni paraître ridicule.

Où pêche-t-il des idées si percutantes, mais surtout si simples que Gérôme se maudit de ne les avoir eues lui-même ? L'instrumentation sophistiquée est magnifiée par des arrangements magistraux. Gérôme éprouve une honte rétrospective en se rappelant la médiocrité de son premier album. Il est obligé de rendre cette justice à Soler : un type capable, dès son coup d'essai, de produire un disque aussi abouti, possède un talent indéniable. L'hypothèse du « feu de paille » qu'évoquait Delphine doit être écartée. Désormais, plus de doute : Jérôme Soler est là pour durer.

La presse spécialisée, qui jusqu'alors s'était montrée plutôt discrète à son propos, publie sur ce phénomène des articles dithyrambiques. Les magazines branchés l'adoubent. *Rock & Folk* lui consacre une double page intitulée : « Jérôme solaire ». Les journalistes redoublent d'ingéniosité pour trouver à leurs articles des titres à la fois drôles et originaux.

L'un choisit « La météorite Soler », l'autre « Le missile Soler ».

« Ma réponse » se place parmi les dix titres les plus téléchargés dans l'Hexagone. La fièvre gagne l'Espagne, l'Allemagne, et bientôt l'Italie.

Gérôme reçoit un appel de Jade. Elle lui apprend, surexcitée, qu'après des semaines de forcing elle est parvenue à lui décrocher la lune, à savoir un entretien conjoint des deux Soler avec une journaliste de *Paris-Match*.

Gérôme, qui vit comme une humiliation le fait d'être rabaissé au niveau de son rival, mais s'estime inapte à soutenir la comparaison avec une vedette internationale, refuse tout net de participer à cette mascarade. Jade en a le souffle coupé. Elle insiste en vain pour le convaincre. Quelques minutes plus tard, le téléphone sonne à nouveau.

— Salut mon Gérôme ! Alors, on fait son capricieux ?

Le chanteur perçoit une franche irritation dans la voix de son producteur.

— Je pense vraiment que tu as tort de te braquer. Grâce à la notoriété de Jérôme, plein de gens qui ont jamais entendu parler de toi vont découvrir ton travail. C'est comme en Formule 1 : tu te mets dans son sillage, et tu profites de l'aspiration.

Pour Gérôme, favorable à l'interdiction des courses automobiles qui brûlent en pure perte des millions de litres d'essence, cette comparaison relève du charabia. Les deux hommes échangent leurs arguments sur un ton de plus en plus véhément. Soler sent que son interlocuteur prend sur lui pour garder ses nerfs.

— Écoute, mon Gérôme… J'ai été cool quand t'as refusé de faire la première partie de Soler, mais tu vas pas me forcer à te rappeler le point a du deuxième alinéa du onzième article du contrat qu'on a signé ensemble ?

Gérôme s'attendait à ce coup bas. Le point en question raconte quelque chose comme : « L'ARTISTE s'engage à participer de bonne foi, à la demande de la SOCIÉTÉ, à toute émission (radio, télévision, Internet…) et plus généralement à toute opération (interviews, *shows-cases*, événements « live »…) jugée appropriée par cette dernière, aux fins d'assurer la promotion des Enregistrements la plus large possible. »

Bon prince, Stal lui accorde un délai de réflexion de vingt-quatre heures.

CHAPITRE 10
IL N'Y A PLUS D'APRÈS, À SAINT-GERMAIN-DES-PRÉS

Les passants se font rares sur les trottoirs du boulevard Saint-Germain, en ce jeudi d'automne. Gérôme a pris soin d'arriver en avance, pour avoir le temps de se familiariser avec les lieux. Il abaisse son masque sous son nez, le temps que s'éclaircissent les verres tout embués de ses lunettes, puis peste contre lui-même : il a oublié de recharger la batterie de son téléphone, à cause de l'impatience inquiète qui, pendant toute l'après-midi, l'a travaillé.

« Rdv 21 h à l'intérieur. À sa table favorite, sous les statues », a écrit Stal dans son texto.

Gérôme n'a pas osé lui avouer qu'il n'avait jamais mis les pieds aux Deux Magots.

Quand il sort de la porte à tambour, un garçon en nœud papillon marche dans sa direction, un plateau chargé de consommations à la main. Le tablier blanc de son uniforme lui descend jusqu'à mi-tibia. L'homme lui adresse à travers son masque noir un salut cérémonieux. Gérôme essaye d'y répondre avec naturel, bien qu'il soit impressionné par le prestige attaché à ce café mythique. Dans son esprit défilent les noms des artistes illustres qui l'ont précédé dans cette haute salle d'une sobre élégance : Hemingway, Picasso, Sartre, Beauvoir, Camus, Sagan…

D'un discret coup d'œil, il repère à sa gauche les sculptures en bois, fixées sur le mur du fond, au sommet d'un pilier en stuc blanc. Elles représentent des Asiatiques vêtus d'un habit traditionnel, assis dans une posture de sage. Les tables qui se trouvent sous les deux magots sont occupées par des Américaines expansives et très maquillées. Dans la glace qui, face à lui, surmonte la banquette où ces dames sont assises, Gérôme remarque, sur la banquette opposée, une jeune femme qui ressemble aux photos qu'il a trouvées d'elle sur la Toile. Ses cheveux mi-longs, auburn et lisses recouvrent en partie ses joues pleines à la peau nette. Gérôme s'engage dans l'allée qui sépare les banquettes et s'arrête devant deux petites tables rectangulaires en bois verni, accolées l'une à l'autre. Alertée par sa présence, Margaux Jousserand lève la tête des fiches cartonnées qu'elle repassait. Ses yeux un peu bridés aux prunelles noisette posent sur lui un regard sans aménité. Vingt-huit ans, diplômée d'une école de journalisme après des études de lettres modernes à l'université de Paris-III, a-t-il appris grâce à un célèbre réseau social dont les membres publient leur curriculum vitae.

— Vous êtes Gérôme Soler ?

Sa question a manqué d'entrain. De sa voix grave, elle lui présente une certaine Emma, qui est assise en face d'elle. Cette quadra assez mastoc aux cheveux coupés très court est absorbée dans le subtil réglage d'un appareil photo numérique à téléobjectif. À peine Gérôme a-t-il retiré son masque qu'un serveur lui demande son passeport sanitaire. Il s'assied à côté d'Emma, sur une chaise en bois dont l'assise et la traverse du dossier sont garnies du même cuir bordeaux que celui de la banquette. Il en apprécie le rembourrage, ferme et confortable.

La journaliste l'observe comme s'il était une attraction de foire. Elle consulte son téléphone, qui vient de tinter une fois, puis informe son interlocuteur que « Jérôme aura une demi-heure de retard ».

— Avec lui, c'est toujours pareil…

Gérôme n'a perçu aucun agacement dans ce commentaire, mais la nouvelle a jeté un froid entre les deux interlocuteurs. Leur conversation s'enlise dans un échange de lieux communs. Comme il est assis dans la direction de la porte, Gérôme est obligé de résister à la tentation de tourner ses regards vers le dais en épais velours vert qui protège des courants d'air cette salle où les clients ne se bousculent guère. Ils sont plus nombreux dans la véranda chauffée sur laquelle il a vue, à travers les deux grandes vitres qui donnent sur le boulevard. Se détachant dans la pénombre grisâtre, les branches d'un platane défeuillé s'agitent au gré de quelques bourrasques.

C'est à l'initiative de Soler que l'entretien se déroulera à cette heure tardive. Gérôme profite de ce temps mort pour observer l'intérieur de la brasserie centenaire. À sa droite, une colonne blanche s'appuie sur la banquette centrale à double face. Deux lustres en verre et de jolies lampes rondes, fixées aux murs par des appliques à trois branches, répandent une agréable lumière jaunâtre. Sur les murs beiges, garnis de frises jaunes et vertes, sont exposés deçà, de-là des portraits photographiques en noir blanc, dont Gérôme est trop éloigné pour identifier les visages. Par crainte de passer pour un plouc, il s'interdit d'imiter Emma qui s'est levée et s'attarde, comme au musée, devant chacun des cadres.

Il entend, dans son dos, un vacarme de vaisselle et les serveurs annoncer les commandes en se chamaillant d'un ton blagueur. À neuf euros la bière, Gérôme hésite à en demander une autre, sachant qu'il ne payera pas ses consommations. La jeune femme boit son thé à petites gorgées. Elle exhale une odeur exquise, mélange de parfum floral et de crème hydratante. Au grand regret de Gérôme, un épais gilet de laine grise recouvre en grande partie son bustier échancré en satin bleu marine à liseré de dentelle. Il remarque sur la peau blanche de son cou un grain de beauté sensuel. Soudain, elle dirige son regard vers le miroir où Gérôme l'a vue lorsqu'il est entré et son visage s'éclaire d'un sourire radieux, qui découvre ses canines irrégulièrement implantées. Gérôme trouve que ce léger défaut ajoute beaucoup à son charme.

— Désolé, Margaux, désolé. Franchement, t'as tous les droits de me détester.

Soler a prononcé ces quelques mots en déboutonnant son imperméable noir, d'une voix pleine d'assurance.

— C'est toi qui vas me détester : je me suis posée là car ta place était prise.

Il hausse les épaules.

— Pas grave. Tu vas bien ? Je t'embrasse pas, mais le cœur y est.

Il souffle vers elle le baiser qu'il a posé sur le bout de ses doigts, puis, tout en mettant sa main sur sa poitrine, il se tourne vers Emma et Gérôme.

— Salut. Jérôme.

Demi-sourire, légère inclination du buste, puis :

— Enchanté.

Gérôme l'imaginait plus grand. Lorsqu'il se lève pour se présenter à son tour, il se réjouit de constater qu'il dépasse son interlocuteur de cinq ou six centimètres. Il est stupéfait par la gentillesse sincère qui émane du nouveau venu. Il s'est déjà demandé si, à sa place, il ne profiterait pas de son statut de privilégié pour se montrer odieux en toutes circonstances.

Soler porte un costume noir ajusté, une chemise blanche et une fine cravate en soie noire. Loin de paraître déguisé dans cette tenue habillée, il la porte avec distinction. Son appareil en bandoulière autour du cou, Emma s'éloigne à nouveau de la table, cherchant des angles intéressants pour ses prises de vues.

Soler s'est assis à côté de Margaux. Gérôme le trouve changé par rapport aux photos qu'il a vues de lui, en juin dernier. En quelques mois, son visage s'est affirmé – durci, même. Le directeur artistique de sa maison de disques a effectué un gros gros boulot. Sa coupe « coiffé décoiffé », qui dissimule habilement une calvitie naissante, a fait l'objet d'un soin tout particulier. Les lotions exfoliantes et les baumes réparateurs ont assaini son épiderme. Et puis, au lieu de garder sur ses joues quelques poils anarchiques, il a choisi de se raser. Bien joué. Gérôme comprend mieux pourquoi son homonyme déchaîne les foules dès qu'il monte sur une scène, car sa présence animale en impose.

— Merci, hein, d'avoir accepté qu'on se retrouve ici. C'est has been, je sais, mais j'aime tellement Aragon que je m'en fiche. Ça me fait kiffer de savoir que j'use mes fonds de pantalon sur les mêmes chaises que lui. Ah, ça continue, le flicage !

Il tend l'écran de son téléphone vers le serveur, dont celui-ci approche un appareil électronique en lui demandant s'il prendra « comme d'habitude ».

— Ça y est, tu t'es vacciné ?

— Bien sûr que non.

Margaux paraît outrée.

— Mais qu'est-ce que t'attends ? T'es un antivax ou quoi ?

— Je suis pas antivax, je suis antipass, nuance.

— Pour moi, si t'es antipass, t'es antivax, voilà...

Soler conteste avec vigueur cette assertion. Il dément également toute tendance complotiste. Simplement, il rechigne à se faire injecter dans l'organisme un produit dont il doute à la fois de l'innocuité et de l'efficacité.

— Avec mes études de pharma, je suis bien placé pour savoir ce que les labos ont pu nous fourguer comme saloperies...

Gérôme préfère éviter de s'aventurer sur un terrain où il ne possède aucune lumière.

— Moi je pense qu'il y a qu'avec le vaccin qu'on sortira de ce cauchemar.

— Mais, Margaux, *y a pas de cauchemar*. Tu risques rien, rien, rien, à part trois jours au lit ! Et moi non plus !

— Si tu le fais pas pour toi, fais-le au moins pour protéger les autres.

— Oh, ça va cinq minutes, les prêchi-prêchas.

Quand j'étais môme, je me suis toujours ennuyé au catéchisme.

Le serveur dépose à côté du verre de bière vide une flûte de veuve-clicquot.

— Merci, Carlos. Et toi, Gérôme, t'es vacciné ?

Cet homme a serré la main au président République. Non que Gérôme ait une sympathie particulière pour l'actuel locataire de l'Élysée, mais l'éclat de sa fonction rejaillit néanmoins sur lui. Selon une théorie fameuse, n'importe quel individu sur la Terre peut être relié à un autre par une chaîne de six relations humaines. Eh bien Gérôme n'est plus qu'à deux intermédiaires de Barack Obama, grâce au garçon qui, en face de lui, sirote du champagne. Et cette sorte de divinité s'adresse à lui comme s'ils étaient des égaux ! Il lui voue pour sa générosité une reconnaissance profonde.

— J'ai même ma dose de rappel, oui.

Soler pousse un soupir.

— Toute façon, je vais être obligé d'y passer. J'en ai marre de me faire fouiller le nez tous les trois jours pour obtenir mon ausweis. Et puis, cet hiver, je donne des concerts aux quatre coins de l'Europe…

— Le conte de fées continue, du coup ?

Soler dresse un sourcil et jette à Margaux, de côté, un coup d'œil narquois.

— Il commence, tu veux dire !

— « Ma réponse » en est à combien de vues sur YouTube ?

— On approche des deux millions.

Margaux, qui connaissait d'évidence la réponse à sa question, le couve du regard, puis la pointe de son stylo se remet à courir sur sa fiche cartonnée.

— Tu sais, le nombre de streamings c'est vraiment le miroir aux alouettes. En moyenne, un chanteur touche zéro virgule zéro zéro zéro quinze centimes d'euro par vue. Fais le calcul. Sur les plates-formes payantes c'est un peu plus, mais ça reste ridicule.

Fraîcheur, joie de vivre et simplicité : voilà les termes que Gérôme emploiera en rentrant, pour décrire Soler à Delphine. Il se remémore les avanies qu'il a subies ces derniers mois, comme on souffle sur une braise défaillante, pour ranimer son animosité envers cet homme qui lui a volé sa vie.

— « Solaire » m'a rapporté plus, parce que j'ai posté ça pour rigoler, sans aucun intermédiaire. Maintenant que j'ai signé avec un gros label, je dois partager les gains avec eux, pour payer les musicos, les pubards, tout le tralala. Heureusement qu'en ventes de C.D. et téléchargements cumulés on est déjà disque d'or. Et qu'on est complets sur toutes nos dates.

Sans avoir d'efforts à fournir, Gérôme sent se raviver sa haine.

— En tout cas, Margaux, c'est une bonne idée, cet article. Je pense vraiment qu'il y a de la place pour deux Soler dans la chanson française. Moi je suis un fan absolu du travail de Gérôme.

Il frappe la table à petits coups d'index.

— Écris-le, ça, Margaux.

Gérôme regrette d'avoir assigné ce type en justice. Soler tourne la tête vers lui et ajoute :

— Surtout ta chanson « La Luciole ». Elle est super, celle-là !

Gérôme hésite quelques secondes avant de signaler que cette chanson-là n'est pas de lui.

— Ah ouais ? Elle est de qui, alors ?

Gérôme signifie son ignorance d'une moue évasive. Déjà Margaux pianote sur le clavier de son téléphone. Le vernis de ses ongles pointus est assorti à la couleur de son gilet.

— C'est LeffK qui chante ça.

Jérôme lui saisit la main et tourne d'autorité l'écran vers lui. Son visage prend une expression dubitative.

— Ah, ouais… J'aurais juré qu'elle était de Gérôme, pourtant.

Un ange passe. Margaux s'empresse de commencer l'interview croisée. Soler parle d'abondance, d'une voix forte. Les vagues intonations racailles qui émaillent ses propos détonnent avec son allure de gendre idéal et son pedigree.

À l'invitation de Jérôme, Gérôme a repris une consommation. Lorsque les effets indésirables de la bière commencent à se manifester, il se sent un peu ridicule d'être obligé, au contraire des habitués, de demander au serveur où se trouvent les toilettes.

CHAPITRE 11
JE VAIS REPRENDRE UN PEU DE CHAMPAGNE, JEUNE FILLE

« Chérie, m'attends pas pour dormir. Soler m'invite à une soirée. Stal m'arrachera la tête s'il apprend que j'ai refusé. Je fais un tour et je rentre. »

« Tu aurais quand même pu m'appeler. »

« Je préférais te raconter de vive voix. Tu sauras tout demain ! Bonne nuit. »

Delphine s'abstient de répondre. Gérôme interprète ce silence comme un signe de mauvaise humeur. Plutôt que de prendre sa Clio, qui est garée dans la rue de Grenelle à dix minutes de marche, il a accepté de monter dans le VTC que Margaux a commandé.

— Merci pour le champagne, hein, Margaux !

— C'est pas mon argent… Sinon t'aurais bu de la limonade.

— Oh ! La vilaine…

Au milieu de la banquette, Soler prend une place considérable, au point que Gérôme est contraint de se tasser contre la portière. Du côté opposé se produit un bref remue-ménage. Margaux pousse un petit cri, suivi d'un rire complice.

— Arrêteeuu !…

Gérôme entend claquer sur la main de Jérôme une violente gifle.

— Aïe, mais t'es folle !

— Continue comme ça et je te mitouïse.

— Oh, non, pas ça ! Tu veux ruiner ma carrière ou quoi ?

Un guet-apens. Un véritable guet-apens. Il n'y en a eu que pour le Blaireau, pendant l'interview. Par pur respect des formes, Margaux a posé à Gérôme quelques questions dont les réponses ne l'intéressaient manifestement pas. Stal s'est fait rouler dans la farine. Cet article soi-disant consacré à la rivalité des deux Soler n'avait pour objectif que de faire mousser Jérôme encore davantage.

— C'est quoi, ta teuf ?

— Un copain qui vient de vendre sa galerie rue Notre-Dame-de-Nazareth. Il l'a achetée six mille cinq du mètre en 2006, il vient d'en tirer douze mille cinq. Quasiment la culbute, quoi.

Le véhicule s'arrête devant un petit hôtel particulier du boulevard Pereire. Soler sonne à une porte de laquelle s'échappent, très étouffés, des éclats de rire et un lent boum-boum. Il précède ses acolytes dans un haut vestibule très éclairé, où un grand Noir culturiste vérifie les laisser-passer.

— Même ici ? Mais c'est pas vrai ! J'en ai pas, de pass sanitaire, voilà.

Le vigile, flegmatique, explique à Soler qu'en ce cas il devra le refouler.

— Bon, ça suffit, hein ! Denis ? Appelez-moi Denis !

Une grande animation règne dans la maison. Des groupes de quatre ou cinq personnes mènent, un verre à la main, des conversations d'une voix forte, pour couvrir le bruit de la sono réglée à un volume élevé. Un beau et blond quadragénaire survient, tout sourire.

— Ah, Denis, t'es là !

Les deux hommes se donnent une accolade fraternelle. Le maître des lieux autorise le videur à faire une exception pour le jeune homme en costume noir. Le costaud reprend son poste près de la porte en bougonnant contre ces consignes incohérentes. Gérôme s'approche du comptoir d'angle, derrière lequel une jolie brune s'occupe du vestiaire. Sachant qu'il serait photographié, Gérôme a enfilé, sous son manteau gris à chevrons, son costume de scène : veste noire bien coupée, maillot noir à manches courtes, jean noir et godillots noirs d'une célèbre marque anglaise. La jeune femme lui tend un petit coupon numéroté sans lui accorder un regard. Il abandonne Soler et Margaux, qui poursuivent avec Denis leur discussion cordiale, et traverse un couloir qui conduit, sur sa droite, au petit coin. Un cordon de velours interdit l'accès à l'escalier de pierre qui, à sa gauche, monte vers l'étage. Le palier ouvre sur un vaste salon, dont les trois hautes fenêtres sont décorées de voilages en tulle. Au milieu de la pièce plongée dans une pénombre étudiée, une vingtaine de personnes remuent mollement les épaules. Dans ce groupe, une jeune femme à l'air un peu hommasse le dévisage si longuement que Gérôme, intimidé, détourne les yeux vers l'immense bibliothèque qui couvre tout le mur de gauche. Ses grands casiers sont remplis de livres d'art, mais également de sculptures et de plantes exubérantes. Il aperçoit une console de mixage qui est posée, sur un châssis rétractable en métal noir, à côté des étagères, juste devant la fenêtre.

Son regard se porte sur le mur opposé. Une grande toile abstraite, dans les tons violets, surmonte une cheminée en marbre. Entre le jambage et la croisée, une table blanche et rectangulaire occupe tout l'espace. Des dizaines de verres de dimensions variées y sont alignés, de part et d'autre d'un grand bac en plastique au milieu duquel refroidissent, dans de la glace pilée, des bouteilles de vodka et de champagne. Faisant demi-tour, il constate que tout le monde n'est pas passé par la case « vestiaire » : des vêtements sont entassés sur un immense lit placé contre le mur du fond. Il chipe une flûte sur le plateau d'un serveur. Son estomac crie famine, car il s'est contenté de grignoter un quignon de pain et deux carrés de chocolat avant de partir pour Les Deux Magots.

En descendant l'escalier qui s'enroule autour d'un pilier de moellons bruts, Gérôme croise un écrivain au crâne dégarni dont les cheveux grisonnants sont rabattus vers l'arrière. Il a déjà vu son visage marqué à la télévision et dans des journaux, mais son nom lui échappe. Une pièce voûtée s'ouvre devant lui, meublée d'un canapé d'angle en tissu rouge. Dans des vitrines accrochées aux murs sont exposées des œuvres d'art contemporain que Gérôme se sait trop béotien en la matière pour apprécier à leur juste valeur. Il franchit, à sa gauche, une porte en plein cintre, creusée dans un épais mur de pierre, puis pénètre dans une cuisine très longue, aménagée autour d'un massif îlot central. Se faufilant entre les gens qui bavardent, accoudés à des éléments électroménagers du dernier cri, il gagne une baie vitrée donnant sur une terrasse, où se sont regroupés les fumeurs.

Gérôme avance, dix mètres plus loin, jusqu'au bout d'un jardin à étage, où un bar a été installé sous un kiosque. Derrière un comptoir de bois blanc, un serveur prépare des cocktails, à base de vodka uniquement. Peu porté sur les alcools forts, Gérôme rebrousse chemin vers la terrasse et repère, sur une table, d'autres bouteilles de vodka et de champagne qui s'empilent dans un bac identique à celui du rez-de-chaussée. Au moment où il approche de ses lèvres la deuxième flûte, Gérôme croise le regard d'Étienne Daho. Adossé à la muraille, celui-ci échange quelques mots avec un petit barbu aux cheveux longs, en posant sur l'assistance un regard doux et désabusé. Toute sa personne dégage une humilité qui bouleverse Gérôme. Il brûle d'envie de l'aborder. « Étienne, j'ai tous vos disques. Bravo, et merci ! Sans vous je n'aurais jamais chanté. “Le Plaisir de perdre”, quelle pièce d'anthologie ! Et votre reprise inoubliable d'“Et si je m'en vais avant toi” avec Françoise Hardy… » Il réprime cet élan. Combien de fois une vedette de ce calibre a-t-elle subi les assauts d'un importun ?

Gérôme constate que l'ambiance est moins snob qu'il ne le redoutait. Quelques beautés spectaculaires en talons aiguilles et robes moulantes voisinent avec des filles plus abordables, habillées sans chichis. La moyenne d'âge dépasse de peu les quarante ans. Il note aussi que les générations se mélangent dans une bonne humeur certaine. Des jeunes gens sont lancés dans des débats enflammés avec des hommes mûrs, sur des sujets comme le pass sanitaire ou la prochaine élection présidentielle. Une quinquagénaire pleine de classe, vêtue d'un pantalon et d'un chemisier aux couleurs vives, observe les convives d'une mine sévère, en écoutant avec attention les propos d'un barbu de trente ans son cadet, qui s'adresse à elle d'un air pénétré.

Gérôme rentre dans la maison par une seconde baie vitrée, qui dessert un renfoncement inutile de la cuisine. Dans un couloir qui conduit à l'escalier, il trouve enfin ce qu'il cherchait : quelques petits fours traînent sur une table nappée de blanc. Il en avale une dizaine, réprimant sa hâte. Ces chiches victuailles ne parviennent pas à le caler. Constatant que les convives se resservent désormais eux-mêmes, il retourne à l'abreuvoir de la terrasse. Dans aucune fête il n'a vu pareille quantité de champagne. Chaque bouteille qui se vide est remplacée par trois pleines. Justement, Margaux Jousserand en tient une par le goulot. Il tend sa flûte dans sa direction, puis la remercie avec insistance. D'un sourire crispé, elle lui signifie qu'elle ne souhaite pas engager la conversation et s'éloigne en jetant autour d'elle des regards anxieux. Gérôme reprend sa déambulation. Un homme à bouc et favoris poivre et sel entrechoque son verre contre le sien en lui demandant comment il s'appelle.

— Gérôme.

Heureusement, le type se contente de cette réponse. Dans ses yeux globuleux aux paupières gonflées, son regard pétille de malice et d'ironie. Son front barré de deux rides profondes, son gros nez rond et ses lèvres épaisses lui font une physionomie avenante. Gérôme éprouve à son endroit une sympathie immédiate.

— Et pourquoi vous êtes là ?

Maillot orange à manches longues, pantalon en treillis kaki et baskets bicolores assorties.

— J'ai vu de la lumière, répond Gérôme. Je suis entré. Et vous ?

L'homme est propriétaire d'une galerie d'art dans la rue Meslay, à deux pas de chez Denis. Il tend son poing vers Gérôme.

— François Molette, ravi.

Gérôme répond au salut.

— Eh oui… Depuis toujours, je cherche la clé.

Le chanteur met un peu de temps à comprendre l'astuce.

— Ce salopard de Denis… Avec le magot qu'il vient d'empocher, il part trois mois dans l'océan Indien avec Maryam.

Molette lève son verre en direction d'une belle Africaine à la silhouette élancée, vêtue d'une longue robe bleu clair. La jeune femme lui répond par un clin d'œil. Quand il lui demande comment il gagne sa croûte, Gérôme réfléchit pendant quelques secondes avant de se prétendre ingénieur du son.

— Vraiment ? Mais c'est passionnant !

Cette dernière intonation, un peu flûtée, renseigne Gérôme sur les préférences érotiques de son nouvel ami.

— Dites-moi tout !

Durant un bon quart d'heure, Gérôme compose son rôle à merveille, au point qu'il finit par se prendre au jeu. Sa vie deviendrait tellement plus simple, s'il exerçait la profession qu'il décrit à Molette avec force détails. Il remplirait des missions à la fois précises et intéressantes. Les horaires réguliers auxquels il serait astreint l'aideraient à organiser sa vie personnelle. Quelle importance, au surplus, si un nouveau venu dans sa partie s'appelait comme lui ? L'industrie musicale reste à l'affût de techniciens compétents, quel que soit leur nom. Surtout, la remise en question de ses capacités cesserait d'empoisonner chacun de ses réveils. Apparemment, même la reconnaissance de ses pairs et du public ne suffit pas à apporter l'apaisement, car, dès qu'on fouille un peu dans leur biographie, on s'aperçoit que la plupart des chanteurs célèbres continuent toute leur vie à douter de leur talent. L'incertitude qui les dévore devient un stimulant.

La quinquagénaire distinguée s'est rapprochée d'eux. Ses cheveux très noirs coupés au carré, son nez un peu crochu, ses lèvres minces et sèches lui donnent un air pas commode. Dès les premiers mots qu'ils échangent, Gérôme s'aperçoit que cet aspect austère cache une sensibilité à fleur de peau. Cette sculptrice expose ses œuvres à la galerie Mollette. Aux égards dont François l'entoure, le chanteur comprend que

Valérie Allard en vend beaucoup. Il profite de cette diversion pour retourner sur la terrasse, où les bouteilles de champagne l'attendent fidèlement. Ces deux conversations l'ont détendu. Il n'hésite plus à adresser la parole à des fêtards esseulés. Peu à peu, son statut de doublure lui paraît moins dramatique.

CHAPITRE 12
JE SUIS TOUJOURS CELUI QUI T'A AIMÉE

Il a pris son tour dans la queue qui s'est formée dans le couloir du rez-de-chaussée. Pour se donner une contenance, il se retourne vers une trentenaire assez quelconque, mais dont les yeux marron expriment une grande douceur. Perchée sur des talons hauts, elle atteint presque sa taille. Il la salue et se présente. Elle lui oppose un mutisme qui le désarçonne.

— Et vous ?

— Anouchka.

Il a perçu dans sa voix pâteuse un accent slave.

— Comment ça va, Anouchka ?

Elle lui sourit. Son regard flotte dans le vide. Puis, doucement, elle approche ses lèvres des siennes. Gérôme est en train de se demander s'il acceptera le baiser lorsqu'une blonde entoure, tel un joueur de rugby, les épaules de la jeune femme pour la dévier de sa trajectoire.

— Ah, non, Anouchka ! Tu vas pas recommencer, hein ?

Pendant la brève mêlée, Gérôme note qu'au contraire de l'énergique intervenante Anouchka porte une alliance à son annulaire. Sans chercher à éclaircir l'énigme, il reprend dignement sa place. Pourvu que l'homme et les trois femmes qui le précèdent abrègent leur passage dans le saint des saints… Pouh… Ne pas prévoir d'autres chiottes quand on organise une nouba pareille, tu parles d'un foutage de gueule… Ou bien marcher quelques pas sur la promenade végétalisée aménagée au milieu du boulevard Pereire et pisser discrètement dans la glycine ?

L'attente a duré si longtemps que le soulagement n'en est que plus intense. Dans le salon, les danseurs se trémoussent au rythme voluptueux d'un titre de Brian Ferry. « *Slave to love…* », lui murmure une fille tandis que Gérôme fend la presse. Lorsqu'il atteint la table accolée à la cheminée, il n'en croit pas ses yeux : ses copines sont toujours là, allongées l'une contre l'autre sur un lit de glace. Il se paye le luxe d'en déboucher une lui-même. Sa dérive au milieu des corps l'entraîne jusqu'à la console de mixage, derrière laquelle s'active une brune atomique. Une raie sur le côté sépare ses cheveux noirs coupés court dans la nuque. Elle replace fréquemment la mèche qui tombe sur son œil droit. Ses lèvres charnues sont fardées de rouge vif. Un chandail très échancré en fine laine grise moule ses seins énormes. Elle exsude littéralement le sexe. Les yeux rivés à son décolleté, Gérôme entend d'ici les jugements que Delphine prononcerait à son encontre : « fille facile », « intrigante », voire « allumeuse ». Un roux très enrobé, verre à la main, sourire en coin, approche ses lèvres de son oreille.

— Poitrine naturelle. Gloria Orgasmi, actrice porno.

Ses bottes noires à talons plats lui montent jusqu'au genou, tandis que sa jupe en cuir noir s'arrête au milieu de ses cuisses un peu fortes et gainées de bas résille.

— De son vrai nom, Jennifer Chapuis.

En même temps qu'elle manie les boutons de la platine, elle a avec une blonde beaucoup moins sexy qu'elle une explication orageuse qui se termine par un esclandre entre les deux femmes. La blonde gagne la sortie en lâchant une bordée d'injures. Indifférente à ce départ, Mlle Orgasmi s'entoure le crâne d'un casque audio équipé d'un microphone.

— Mesdemoiselles, soyez vigilantes ! Surveillez vos effets personnels et vos foufounes, car la sécurité me signale la présence parmi nous d'un serial dragueur…

Sa voix rauque et sensuelle couvre le morceau qu'elle vient de lancer. Gérôme identifie dans ces percussions électroniques très rapprochées la version de « Ma Réponse » remixée par Magic Max.

« Ma réponsa… ma réponsau… ma réponsa… »

— Un serial dragueur nommé…

« Ma, ma, ma… »

— Un serial dragueur nommé… JÉRÔME SOLER !

L'ambiance tourne au délire. Quelques filles sautent sur elles-mêmes en poussant des cris aigus. Soler est noyé, au milieu de la pièce, sous un flot de teufeurs déchaînés.

« Ma réponse à Trump est qu'il est un con
Ma réponse au curé c'est que j'te dis oui… »

— Personne y croyait et pourtant *il est là !*

« Ma réponse à ta sœur c'est que j'lui dis non… »

Un coup d'œil vers Margaux Jousserand permet à Gérôme de constater qu'elle s'amuse aussi peu que lui. Il retourne vers les bacs à champagne, puis redescend l'escalier, déterminé à tresser à Daho les couronnes qu'il mérite. Il explore le moindre recoin du niveau inférieur sans réussir à trouver son idole. Sans doute qu'Étienne se couche tôt, maintenant, comme beaucoup d'anciens noctambules, passé la soixantaine. Gérôme consulte sa montre : une heure un quart. Moins tôt qu'il ne le pensait, en réalité… Le dernier train pour Bièvres est parti sans lui. Il va se ruiner en taxi… Il décide qu'il s'en ira après une dernière flûte. Devant la table de la terrasse, il tombe sur Molette et la sculptrice.

— À la tienne, François ! À la tienne, Francine !

Cette dernière lui oppose un air pincé.

— Elle s'appelle Valérie.

— Au temps pour moi, Valérie. Je dois avoir un début d'Alzheimer. De plus en plus, je m'aperçois que je perds la mémoire immédiate. Tu vois, je peux te dire année par année où je suis parti en vacances quand j'étais petit, et même te décrire les lieux. Mais alors des fois je change de pièce pour aller chercher un truc et quand j'arrive je me rappelle plus ce que c'était.

— Ah, oui, moi c'est pareil. À force de passer trop de temps sur nos téléphones, ça nous fait des trous dans le cerveau.

— Je te le fais pas dire ! Mardi dernier, je reviens du Leclerc. Au moment de ranger mes courses, impossible de remettre la main sur le kilo de figues bio que j'avais achetées en promo. Normalement j'achète mes fruits dans une coopérative, mais à quatorze quatre-vingt-quinze je me suis laissé tenter. Je cherche partout dans l'appart, j'explore mon cabas, je redescends vérifier dans le coffre de la bagnole. Disparues, mes figues ! Pourtant j'étais presque sûr de les avoir payées. Je me dis : « C'est pas possible, j'ai dû les laisser sur le tapis roulant. » Et pan, me vlà reparti à Leclerc. Je retrouve la caissière, plutôt mignonne d'ailleurs. Je me suis aperçu après coup que j'avais choisi sa caisse pour cette raison-là.

Gérôme se doutait bien qu'il amuserait la galerie avec son anecdote. Néanmoins, il n'aurait jamais espéré qu'elle ferait un pareil tabac. Molette glousse sans arrêt, en lançant à Valérie Allard des coups d'œil entendus.

— Très sympa, la fille. Elle répond : « Bougez pas, je reviens. » Elle se pointe cinq minutes plus tard avec un téléphone et me montre les images de vidéosurveillance où on me voit très distinctement ranger les figues dans mon chariot. Pendant le trajet du retour, je me disais : « Non, mais c'est pas vrai… Tu perds la boule, mon vieux. » Il faut dire qu'en ce moment j'ai pas mal de soucis. Deux heures plus tard, ma fille me demande en prenant son goûter : « Papa, pourquoi t'as mis des figues au-dessus du four ? » Je lève la tête et je vois mon kilo de figues. J'avais plus *aucun souvenir* de les avoir posées là…

Une température étonnamment élevée règne sur la terrasse ornée de pots d'arbousiers et de cactus. La belle Africaine, revenant du kiosque, prend de leurs nouvelles au passage. Mollette lui colle un baiser sonore sur la joue.

— Tout va bien, ma chérie !

Gérôme remplit sa flûte avant de remonter. Il s'arrête au seuil du salon, embrassant la pièce où l'éclairage tamisé rend chaque silhouette indistincte. Denis fait des prouesses aux platines. Après avoir enchaîné le « Kiss » de Prince et la version longue de « Money for Nothing », il obtient un franc succès lorsque commence un air entêtant de limonaire qui remue Gérôme jusqu'au fond de ses tripes, parce que sa mère passait souvent, sur le tourne-disque du salon, ce tube des années soixante-dix auquel il doit son prénom.

« Tiens, bonjour, salut, dis-moi comment tu vas,
Depuis le temps que l'on ne s'est pas vus... »

Monique Soler a été affectée quand C. Jérôme, le blondinet sémillant qui interprétait cette bluette, est mort d'un cancer à l'âge de cinquante-trois ans. En 2050, il y a des gamins d'aujourd'hui qui, entendant « Solaire » dans une soirée, se diront avec un pincement au cœur : « Ma mère adorait cette chanson. » Et peut-être se prénommeront-ils Jérôme... À cette pensée, il a l'impression qu'on le fend par le milieu d'un coup de cognée, comme un rondin sur le billot Une ronde s'est formée autour de Soler, qui, au rythme de la mélodie sommaire mais entraînante, excite ses courtisanes avec de suggestives ondulations du bassin. Pour se mettre à l'unisson, Gérôme joint sa voix au récital quand les noceurs entonnent le refrain de concert.

« Oui Jérôme, c'est moi, non je n'ai pas changé,
Je suis toujours celui qui t'a aimée,
Qui t'embrassait et te faisait pleurer... »

Indifférente au tumulte, une jeune fille s'avance dans sa direction. Une raie au milieu sépare ses épais cheveux châtain foncé, dont les boucles ondulent sur ses épaules. Son faciès un peu masculin dit quelque chose à Gérôme. Il fouille sa mémoire, sans réussir à se rappeler si cette figure fait partie des dizaines dont les traits se sont imprimés ce soir sur sa rétine ou si elle a traversé sa vie lors des jours précédents. La jeune femme porte un maillot blanc un peu large, un jean délavé, des baskets à la mode. De ses prunelles sombres, dont le regard calme et réfléchi exprime une grande maturité, elle l'observe avec une telle insistance que Gérôme est tenté de se retourner pour vérifier qu'une célébrité ne se trouve pas derrière lui.

— Vous êtes Gérôme Soler ?

Malgré le brouhaha, il est presque certain qu'elle lui a bel et bien posé cette question. En même temps qu'il fait oui de la tête, il se souvient soudain : il parle à la jeune femme qui l'a scruté lorsqu'il est entré dans le salon.

— Montrez-moi comment on saisit, Sa chance, comment on choisit, Face à la croisée des chemins, La bonne branche du destin…

Gérôme est sidéré quand il reconnaît peu à peu dans ces paroles qui se mêlent à celles de C. Jérôme le dernier couplet de « Montrez-moi », titre phare de son précédent album.

— J'adore vos chansons. J'ai tous vos disques, même le premier.

— Alors vous faites partie des trois cents personnes en France qui le connaissent…

— Je l'ai trouvé d'occasion sur Amazon.

Davantage qu'il ne les entend, Gérôme lit ses propos sur ses lèvres.

— Je dois partir. C'est une copine qui me ramène.

Son ton se fait suppliant :

— On pourrait aller boire un verre bientôt, non ?

Presque malgré lui, Gérôme répond dans un vertige :

— Avec plaisir !

— Je vous écrirai sur votre site. Je m'appelle Sarah. Vous vous souviendrez ?

— Bien sûr.

Il la suit des yeux tandis qu'elle marche vers la lumière du vestibule, d'une démarche souple et tranquille.

CHAPITRE 13
L'ARMÉE ROUGE A DÉFILÉ DANS MA TÊTE

Du fin fond de sa bienheureuse inconscience, il perçoit un appel.

— Missieu.

Son être entier s'insurge à la perspective de revenir à la réalité. Le terme de douleur ne convient pas pour qualifier le phénomène qui se produit dans son organisme.

Ravage ? Dévastation ? Anéantissement ?

Il sent sur son épaule une main qui le secoue sans ménagement.

— Missieu ! Ti dois partir !

Il tente de décoller la langue de son palais, mais, incapable d'entrouvrir les lèvres, il se contente d'émettre un grommellement. Ses yeux chassieux identifient peu à peu son environnement. Gérôme comprend qu'il est allongé, en chien de fusil, sur un banc de bois, dans le renfoncement de la cuisine. Le jour s'est levé. Dans le ciel stagnent d'épais nuages gris.

— Allez ! Ti dois partir.

Il grogne un assentiment en étirant ses membres. À cause de la position incommode dans laquelle il s'est endormi, son corps est perclus de courbatures. Il remarque sur la manche de sa veste froissée une grosse tache blanche, causée par de la peinture, peut-être, ou du liquide correcteur. Un coup de gong se répercute contre les parois de sa boîte crânienne à chaque fois que la femme de ménage voilée heurte l'un contre l'autre les bouteilles ou les verres vides, qui sont dispersés par dizaines sur les tables, les meubles, les chaises, partout.

Il titube jusqu'à l'escalier, qu'il monte en appuyant ses paumes aux murs. Alors qu'il atteint le palier, il tombe sur la beauté africaine, qui descend du premier étage, complètement nue. Poitrine menue, ventre plat, pubis épilé. Elle sursaute en l'apercevant et pousse un cri aigu. Toute honte bue, Gérôme articule de vagues excuses et récupère son manteau qui pend, solitaire, à un cintre accroché au portant à roulettes.

Une fois sur le trottoir, il marmonne un juron en constatant que son téléphone s'est éteint. Tenaillé par la faim et la nausée, il arrête un passant, qui lui indique où se trouve la bouche de métro la plus proche. Pereire, à trois cents mètres d'ici. Les cahotements de la rame décuplent ses vertiges. Les odeurs de parfum et d'après-rasage lui soulèvent le cœur, au point qu'il craint de se soulager au beau milieu de la voiture bondée. Il s'accroche, en sueur, à la barre centrale. Les costumes-cravate et jupes-tailleur de neuf heures du matin posent sur lui des regards apitoyés ou hostiles. Il se retient de crier : « Je suis propriétaire de mon appartement ! J'ai une compagne, une fille ! Je suis un homme normal ! »

Lors du changement de ligne, il traîne des pieds dans les couloirs. Pour le dépasser, des gens le bousculent. D'autres, face à lui, le heurtent de l'épaule. Le rouge lui monte au front, lorsqu'il se revoit trinquant d'autorité avec Molette et la sculptrice. Il a oublié le nom de cette dernière, comme son prénom d'ailleurs. Elle l'écoutait déblatérer en gardant ses distances, pour bien lui signifier qu'ils n'avaient pas gardé les cochons ensemble.

Il sort du métro à la station Saint-Germain-des-Prés et suit à pied le parcours inverse de celui qu'il a emprunté la veille, avec l'impression qu'une éternité s'est écoulée entre-temps. Une douleur, à l'arrière de sa cuisse, fait jaillir dans son esprit une réminiscence confuse. Mortifié, il se revoit, côte à côte avec Soler, bras passé au-dessus des épaules, en train de danser le french cancan, jouant à savoir lequel des deux lèvera le plus haut la jambe. Et Gérôme tombe.

Étendu à plat ventre sur la moquette épaisse, il peine à se relever. Au-dessus de lui, les derniers fêtards s'esclaffent. Margaux Jousserand avait-elle quitté les lieux ou bien décrira-t-elle avec une ironie cruelle dans quelle débauche s'est vautré le faire-valoir ?

Une fois dans l'habitacle de sa Clio, il a le sentiment d'avoir rempli une partie importante de la délicate mission nommée : « Gérôme à la maison sans vomir ». Qui dit maison dit cachet d'ibuprofène, compote de fruits (car le cuit se digère mieux que le cru) et un litre, voire deux, d'une tisane quelconque (proscrire les excitants tels que le thé ou le café). En ce milieu de la matinée, Dieu merci, le trafic est plutôt fluide. Quarante minutes lui suffisent pour regagner son domicile.

À peine rentré, il rallume son téléphone. Delphine lui a écrit un texto à trois heures quinze, puis elle a laissé, à quatre heures vingt-deux, un message vocal entrecoupé de sanglots. Malgré son malaise, il s'impose d'appeler sans attendre, et débite d'une voix de rogomme le scénario qu'il a élaboré pendant son trajet : à la soirée, il a rencontré le guitariste de son deuxième album, Olivier Méchin, qui habite à Asnières, à dix minutes à pied. Comme Gérôme n'était plus très clair, il a accepté de dormir chez lui, mais n'a pas pu prévenir, pour cause de batterie déchargée.

— Il ne pouvait pas te prêter son portable ?

— Figure-toi que je me suis aperçu que je ne connais pas ton numéro par cœur.

— Et m'écrire un mel avec son téléphone ?

Gérôme réfléchit.

— Tu as raison… Je n'y ai pas pensé. Je te dis, j'avais un peu bu.

— Et ce matin ?

— Il dormait encore quand je suis parti. Je n'ai pas osé le réveiller. J'ai pensé que ce serait mieux de rentrer le plus vite possible à la maison.

À l'autre bout du réseau, un soupir, puis :

— Ne me refais plus jamais un plan pareil. Je n'ai pas fermé l'œil de la nuit. Et ce matin j'ai dû gérer Lola toute seule et aller bosser en R.E.R.

Le pécheur observe un silence de contrition.

— Gérôme, quand est-ce que tu vas devenir enfin adulte ?

Au fond, c'est de bonne guerre. Elle profite qu'il ne soit pas en position de répliquer pour lui resservir cette scie qui a le don, lors de leurs disputes, de le mettre hors de lui. Estimant qu'avec cette vengeance bénigne il s'en tire à bon compte, Gérôme s'abat sur son lit. À son réveil, la chimie, les vitamines et la boisson ont rendu sa gueule de bois à peu près supportable.

— Oui mon Gérôme ?

Stal est venu à son tour aux nouvelles, en fin de matinée. Quand il apprend que Gérôme a passé la soirée avec Soler, le producteur ne se sent plus de joie. Son contentement fait vite place à une fureur rentrée.

— Tu crains, Gérôme, tu crains ! J'aurais posté les photos sur Insta. Ça nous aurait fait gratos une pub incroyable.

Dans sa boîte électronique, Gérôme trouve un gentil message de Sarah Heni.

Aussitôt, il la googlise.

Comme Margaux Jousserand, l'admiratrice de Gérôme a mis en ligne son curriculum vitae. Après avoir obtenu un baccalauréat scientifique avec la mention « très bien », elle a suivi trois années de cours dans un lycée d'Enghien-les-Bains, en classes préparatoires. Puis elle a intégré une école d'ingénieurs située dans le cinquième arrondissement de Paris. Elle a également, durant dix ans, pratiqué la danse contemporaine au conservatoire de Cergy-Pontoise.

La jeune femme a agrémenté ces indications diverses d'une photo d'identité. Un regard franc éclaire son visage allongé, qui rayonne d'intelligence. Front dégagé, sourcils épais, nez un peu épaté recourbé à son extrémité, bouche rose vénitien aux lèvres gourmandes. Un demi-sourire creuse une fossette dans ses joues fraîches à la peau saine. Toutefois, Gérôme est un peu déçu. Dans la semi-obscurité, Sarah Heni lui avait paru plus jolie. Et puis il avait oublié ses airs de garçon manqué.

Aucune autre mention d'elle sur les réseaux

sociaux. Bizarre, pour une étudiante... Gérôme obtient la confirmation qu'il est désormais étranger aux pratiques des nouvelles générations. Il ne retournera jamais au pays de la jeunesse. Un tyran nommé le Temps l'en éloigne chaque jour un peu plus, à grands coups de pied dans le derrière. « Un tyran nommé le Temps... » Pas mal. Idée de chanson à soumettre à Cédric ? Soudain, il prend conscience que l'absence de son ami lui cause une peine affreuse. Ses trouvailles lexicales géniales, sa curiosité intellectuelle jamais rassasiée, sa connaissance approfondie de la poésie française lui manquent terriblement, et aussi leurs conversations enflammées pendant lesquelles ils s'enrichissent de leurs désaccords, sans jamais hausser le ton. Gérôme ignorait qu'il mangeait son pain blanc, lors de leurs retraites laborieuses. Il a parfois contre son parolier de brefs accès de colère, pour l'avoir laissé seul dans l'inhumaine mégalopole francilienne. Puis, considérant l'incongruité de ces crises de jalousie, il se raisonne, comme il se raisonne à présent : puisque Gérôme sera bientôt contraint de mettre un terme à sa carrière, à quoi bon suggérer à Cédric de lui écrire quelque refrain que ce soit ?

Il consulte son téléphone, qui vient de sonner une fois. Le texto provient d'un numéro inconnu.

« Hello Gérôme, merci pour la super soirée d'hier. J'ai eu grave mal aux cheveux toute la journée ! J'espère que toi pas trop. À +, biz. Jérôme »

Ses excès nocturnes, qui ont entamé sa résistance morale, ajoutés aux félicitations de la jeune inconnue, le poussent à trahir la promesse qu'il s'était faite, de ne jamais plus écouter *Nouveau départ*. Il se repasse l'album en entier, les larmes aux yeux.

« Réveil très dur pour moi aussi. Ravi d'avoir fait ta connaissance. À bientôt ! »

Il déniche sur la Toile une seconde photo de Sarah Heni, datant d'il y a six ou sept ans. Elle a été publiée sur le site internet d'un club de football. Vêtue aux couleurs de son équipe, l'adolescente pose en chaussures à crampons, entourée de coéquipiers du sexe masculin.

Gérôme poursuit sa navigation en tapant le nom de Margaux Jousserand. Il trouve une émission télévisée, enregistrée l'année précédente, lors de laquelle elle s'avère une incollable experte du paysage audio-visuel français. Il prend tellement de plaisir à la regarder parler qu'il en oublie la pendule, de sorte qu'il a juste le temps de se doucher avant d'aller chercher Lola à l'école.

CHAPITRE 14
ET NE PAS LA BRUSQUER

Lorsque, pour atteindre la table où il s'est assis, elle se faufile entre les chaises sur la terrasse chauffée de la brasserie, Gérôme se réjouit de constater qu'il la préfère au naturel que sur sa photographie d'identité. Son visage qui rayonne de droiture morale lui inspire une confiance immédiate. Sa voix douce et très claire trahit l'estime de soi dénuée d'ostentation dont jouissent les jeunes gens qui, grâce à l'amour de leurs parents, ont additionné depuis l'enfance des réussites multiples. L'aisance de la jeune femme libère Gérôme de la culpabilité qui le tenaillait avant cette entrevue.

Sarah Heni a grandi à Margency, dans le Val-d'Oise, où ses parents possèdent une maison. Père ingénieur, mère dentiste, issus l'un et l'autre de la bourgeoisie algérienne. Gérôme découvre avec étonnement qu'une femme de vingt-deux ans peut avoir une connaissance étendue de la chanson française des années cinquante-soixante. Elle place Brel au sommet de son panthéon personnel. Parmi ses contemporains, elle écoute Biolay, Clara Luciani, Vianney et d'autres gens dont il n'a jamais entendu parler, tout comme eux doivent n'avoir jamais entendu parler de lui. À l'énoncé de ces noms, le chanteur est titillé par une pointe de jalousie : il s'était imaginé naïvement qu'elle lui vouait une admiration exclusive.

Un grand soleil d'automne brille sur Paris. Ils se sont donné rendez-vous au Trocadéro, car elle déjeunait dans le coin, chez sa tante. À chacun des blancs de leur conversation, Gérôme contemple la girafe métallique dont le cou raide s'élève, dans un ciel clair parsemé de nuages débonnaires, entre le musée de l'Homme et le théâtre de Chaillot. Sarah se plaint de n'avoir jamais assisté dans cette salle à un spectacle de ballets et aussi d'avoir arrêté la danse, à son entrée en classe préparatoire.

— J'ai souvent pensé à vous, ces dernières semaines, ajoute-t-elle à brûle-pourpoint.

Elle l'observe, essayant de le percer à jour.

— J'espère que vous ne doutez pas de vous-même depuis que l'autre relou a sorti ses deux daubes.

Elle entreprend une exégèse solérienne, soulignant le fossé qui existe entre son premier album et les deux suivants, puis entre ceux-ci et le dernier, dans lequel il a amené à leur plus haute expression des qualités qui n'apparaissaient jusqu'alors qu'à l'état d'esquisse. Selon elle, il a même dévoilé des talents que rien ne laissait soupçonner. Avec « Comment ça s'écrie », il s'est hissé au niveau des plus grands.

Jamais Gérôme ne pourrait s'exprimer aussi longuement sur ses propres chansons. Il boit les mots de son admiratrice comme une terre asséchée absorbe l'ondée. La catastrophe qui est advenue avait tellement réduit la probabilité que justice lui fût rendue que Gérôme ne parvient pas, au rebours de ce qu'imposerait la courtoisie, à aiguiller la conversation vers un autre sujet. Quand, enfin, il se résout à l'interroger sur ses études, elle paraît à peine entendre la question.

— J'aime bien, dans *Nouveau départ*, le solo de batterie en plein milieu. On ne s'y attend pas du tout.

Et elle repart dans les compliments… Par exemple, sa mue vocale l'a particulièrement impressionnée. Ensuite, elle l'interroge sur son couple, sa fille, leur lieu d'habitation. En apprenant les détails de son emploi du temps, elle se réjouit, mutine, que son après-midi de libre à son école d'ingénieurs tombe justement le mardi. Ses parents lui payent la location d'une chambre de bonne, avenue Rapp.

Gérôme profite de sa brève absence pour faire signe au serveur, puis plisse le front en découvrant la douloureuse : quatorze euros, pour une bière à la pression et un jus d'orange en bouteille ! « Presque cent francs… », ne peut-il s'empêcher de penser, se reprochant de céder au réflexe qu'il flétrissait chez son grand-père, qui, jusqu'à la fin de sa vie, convertissait toute somme d'argent en anciens francs. Au moment de se quitter, il s'arrête en haut de la bouche du métro.

— Vous prenez quelle ligne ?

— Non, je suis tout près, je vais marcher.

Comment prendre congé ?

Lui serrer la main ? Inapproprié. Une bise sur les joues ? Ridicule.

Il agite les doigts.

— À bientôt, murmure-t-il, ignorant s'il la reverra jamais.

Il reçoit d'elle un message vingt minutes plus tard. Leur conversation se poursuit pendant son trajet en R.E.R. Avant chaque envoi, il se relit avec application, car il a remarqué qu'elle ne commettait aucune faute d'orthographe. Alors que Gérôme se creuse les méninges pour trouver un moyen d'arrêter leur ping-pong sans la froisser, elle écrit : « Prévenez-moi quand vous serez arrivé, je ne veux pas vous mettre en porte-à-faux. » Il vérifie dans leur vieux Robert la définition de cette expression, puis se met à cuisiner une saucisse de Morteau aux lentilles, épaté par la délicatesse de la jeune Heni.

De fait, il vit en liberté surveillée depuis son incartade. Delphine n'en tolérerait pas une seconde. Il sauvegarde en ligne cet échange de textos, les efface de la mémoire de son téléphone, puis règle l'appareil sur le mode silencieux. Au cas où l'histoire durerait, il se promet d'appliquer ces règles de prudence avec la plus grande rigueur.

Ils correspondent chaque jour, surtout pendant la pause méridienne de Sarah, et conviennent de déjeuner ensemble le mardi suivant. Soucieux d'obtenir l'avis d'un expert, Gérôme appelle Enguerrand, son bassiste. Ce don Juan devant l'éternel lui conseille de choisir un restaurant proche de chez la demoiselle. Il se montre optimiste quant à la suite des événements. Assurant qu'« elles veulent toutes la même chose », il ruine le charme romantique dont Gérôme nimbait son amourette naissante.

Dans le bistrot de la rue Augereau où il lui a donné rendez-vous, leur conversation est moins légère que la première fois, car, au lieu de profiter de la minute présente, Gérôme s'interroge sans cesse sur le meilleur moyen de parvenir à ses fins. Sarah s'est vêtue d'un jean et, sous sa doudoune, d'un gros chandail en coton. Impossible de discerner sur son visage la moindre trace de maquillage. Il ignore s'il doit interpréter cette absence de coquetterie comme un message tacite signifiant qu'elle souhaite conserver à leurs relations un caractère platonique. Quand Gérôme lui demande si elle prendra un café, elle répond :

— Ça vous dirait qu'on le boive plutôt chez moi ?

Admiratif de la science de son bassiste, Gérôme se retrouve au pied d'un immeuble cossu, dont la jeune femme déverrouille la lourde porte en fonte à l'aide d'une clé magnétique. Dans le vestibule, un grand paillasson recouvre une mosaïque dans les tons pastel. Sur leur gauche, une porte-fenêtre ouvre sur la loge de la gardienne. Sarah franchit, grâce à la même clé, un second barrage – qui est muni, celui-ci, d'un interphone. La cabine très moderne de l'ascenseur est protégée par une grille ouvragée à laquelle sa vétusté donne un certain cachet. Sarah désigne, sur sa gauche, une issue que Gérôme n'avait pas remarquée.

— Il faut prendre l'escalier de service pour accéder aux chambres de bonnes. Vous verrez, ça se monte bien.

Elle s'engage dans un escalier en bois, éclairé, à chaque demi-palier, par une croisée en verre dépoli. Gérôme, qui avait commencé à compter les étages, finit par y renoncer, absorbé par son effort.

— Plus que deux, c'est au septième.

Il est à la fois amusé et touché qu'elle lui ait caché qu'une séance d'alpinisme précéderait la dégustation du petit noir. Ils empruntent un couloir au long duquel s'alignent, de part et d'autre, cinq ou six portes. Sarah s'arrête devant la dernière, puis le précède à l'intérieur d'une pièce d'environ dix mètres carrés, récemment refaite à neuf. La cuisine, équipée d'une table escamotable en plus des appareils électroménagers indispensables, se situe dans une entrée minuscule, qui dessert un cabinet de toilette muni d'une étroite cabine de douche.

— Les toilettes sont au bout du couloir.

Quand elle ôte sa doudoune, il remarque que sa poitrine se soulève un peu précipitamment. Gérôme est fier de constater qu'il est moins essoufflé qu'elle. Elle lui prend son manteau et accroche leurs deux vêtements à une patère avec sur les lèvres un sourire affectueux, comme si leur ascension avait tissé entre eux une complicité tendre. Il s'avance vers le fond de la pièce et jette un œil par la lucarne rectangulaire, qui ouvre sur une courette silencieuse. À cinq cents mètres de là, le sommet de la tour Eiffel dépasse, magistral, d'un moutonnement de toits en zinc. Le lit occupe la majorité de la surface disponible. Un bureau est posé à droite de la fenêtre, surmonté d'une étagère sur laquelle sont rangés quelques classiques : Stendhal, Zola, Pascal, et des livres d'auteurs qu'il ne connaît pas : Bourdaloue, Swedenborg, Hamsun.

Gérôme tend l'oreille.

— Ç'a l'air calme.

— Oui, j'ai de la chance. La chambre d'à côté appartient aux propriétaires du quatrième. Ils s'en servent comme débarras.

Il y a donc des chanceux, sur cette Terre, qui peuvent se passer des cinq cents euros mensuels que leur rapporterait, au bas mot, la mise en location de leur galetas. Sarah lui tend une tasse chaude. Il entend la voix d'Enguerrand qui lui crie : « Assieds-toi sur le lit ! » Il comprend que la suite des événements dépendra de l'endroit où Sarah choisira de poser ses fesses. Elle vient, sa propre tasse à la main, s'asseoir à côté de lui. En mal de sujet de conversation, il sent son rythme cardiaque qui s'accélère à nouveau.

— Il est costaud, ce café.

— Oui, je les aime assez serrés. Pas vous ?

— Si, si, c'est bien.

Elle pose leurs deux tasses vides sur un meuble bas, placé contre le mur d'en face, et se rassied, les mains sous ses cuisses, en lui souriant d'un air emprunté. Alors il se jette à l'eau, et advienne que pourra ! À peine avance-t-il ses lèvres des siennes qu'elle anticipe le baiser et l'embrasse avec fougue. Il aime son haleine chargée de café. Dès qu'il s'interrompt, la bouche de Sarah revient chercher la sienne. Elle soupire de plaisir quand il lui caresse la joue, le cou, la nuque, mais, dès qu'il descend sa main, Sarah arrête délicatement son mouvement.

— Non, je ne préfère pas.

Il obéit, un peu douché, et reprend ses caresses pour cacher sa déconvenue. Elle retire ses baskets d'un mouvement habile de chaque pointe de pied et l'attire à sa suite sur le matelas, où elle se blottit au creux de son épaule. D'un geste câlin, elle passe sa paume sur son torse et sur son ventre, songeuse.

— Si on m'avait dit qu'un jour j'aurais Gérôme Soler dans mon lit…

Ainsi donc, les jeunes filles se racontent autant d'histoires que les hommes mûrs ?

— Qu'est-ce que tu faisais à cette fête ?

Il adopte pour répondre un ton professionnel.

— Je venais d'avoir un entretien croisé avec Soler. Il devrait sortir après-demain dans *Match*. J'espère que la journaliste ne racontera pas trop n'importe quoi.

— Tu es parti tard ?

— Assez, oui… Vers les trois ou quatre heures…

— Et ta femme a rien dit ?

— Je ne suis pas marié.

Elle lui donne une tapette sur le bras.

— C'est bon, tu m'as comprise…

— Non, elle n'a rien dit. Je ne sors pas souvent, en dehors des tournées. Et toi, comment tu t'es retrouvée là ?

Elle accompagnait son amie Gwendoline, étudiante en histoire de l'art. Elle fait un stage à la galerie Dewast, à côté de chez Denis.

— Tu le connais ?

— Oui, j'ai bu plusieurs fois des coups dans sa galerie. C'est comme un village, là-bas.

Gérôme est impressionné qu'elle possède un tel entregent.

Ils restent une bonne heure à papoter gentiment en agrémentant de baisers leur badinage. Elle lui caresse le sommet du crâne.

— J'aime bien. C'est tout lisse.

Elle y pose ses lèvres.

— Quand je pense que j'ai failli jamais te parler… Si j'avais pas été pompette, j'aurais pas osé…

Il est tenté de lui raconter qu'elle a eu à son égard les mêmes hésitations que lui avec Daho, mais il s'abstient, estimant qu'un tel aveu écornerait son image aux yeux de sa conquête.

— Tu as vu ? Il y avait Étienne Daho au début de la soirée.

— Je le connais pas. Qui c'est ?

Gérôme ramasse un coup de vieux. En somme, elle connaît les vedettes de sa génération, les monstres sacrés qui ont brillé il y a des lustres, et, entre les deux, personne – hormis, peut-être, Hallyday et Sardou, mais sans les écouter jamais.

Le lendemain, Enguerrand se montre plus circonspect que précédemment. Il a connu, assure-t-il, des jeunettes qui l'ont fait marner pendant des jours sans jamais lui accorder leurs faveurs. Gérôme a toujours apprécié, chez Enguerrand, ce côté pas ramenard : il raconte ses échecs aussi bien que ses succès. Puis le bassiste s'offre pour être la couverture de Gérôme, au cas où celui-ci aurait envie, un soir, de sortir en ville avec sa maîtresse. Vexé par le manque de respect dont cette proposition témoigne envers Delphine, le chanteur conclut la conversation par des salutations distantes.

CHAPITRE 15
DES KILOMÈTRES DE VIE EN ROSE

Sarah Heni se métamorphose selon qu'elle est habillée ou nue.

Gérôme fait l'expérience de ce phénomène étonnant dès le mardi suivant, quand ils entrent, en sueur et tout essoufflés, dans la chambre de bonne plongée dans l'obscurité. Sarah se montre si entreprenante que Gérôme comprend qu'elle a simplement respecté, en se refusant à lui la semaine précédente, un principe intangible qu'elle s'est fixé à elle-même. Déconcerté par cette hâte juvénile, il redoute de n'être pas à la hauteur et préfère lui avouer dans un murmure qu'il n'a jamais trompé sa compagne. À l'inverse d'Enguerrand, ou même du Renard, il s'est toujours refusé à mettre à profit ce prestige étrange dont jouit auprès de la gent féminine n'importe quel individu mâle, dès lors qu'il monte sur une scène pour chanter ou jouer d'un instrument, alors que le même individu passerait inaperçu s'il exerçait le métier de comptable ou de boulanger. Au début des tournées, Enguerrand et le Renard se lancent des défis. Il n'est pas rare qu'ils terminent : une fille par concert.

Dans la pénombre, il devine que Sarah écoute avec gravité cette confidence, qui a pour effet de décupler ses ardeurs. Ils se déshabillent mutuellement dans un tourbillon d'embrassements.

— Attends, dit-elle en bondissant vers la lucarne, il fait trop sombre.

Elle remonte la partie opaque du store, lequel est pourvu d'un double système ingénieux, qui permet soit d'occulter la lumière du jour, soit de la tamiser. À mesure que la clarté revient dans la pièce, Gérôme voit l'étudiante un peu garçonne se transformer en vénus callipyge. Sarah, qui a juste gardé sa petite culotte en coton blanc à pois noirs, fait volte-face. Adossé à l'oreiller, il admire à contre-jour ses cuisses bien dessinées, son ventre musclé, ses seins en pommes d'un volume appréciable, et qui pointent dans sa direction leurs tétins durcis. À quoi bon un soutien-gorge, quand la gorge tient toute seule ? À peine si sa poitrine remue quand Sarah se déplace… Et l'on se doute qu'aucun subterfuge chirurgical n'est à l'origine de cette fermeté miraculeuse, mais seulement l'insolente jeunesse.

Malgré l'usage du préservatif, Gérôme fait preuve d'un contrôle de soi et d'une vigueur dont il tire une certaine fierté. En se regardant le soir dans la glace de la salle de bains, il déplore, de chaque côté de son dos, la présence de stries rouges. Heureusement que Sarah se coupe les ongles court et que Gérôme se vêt depuis toujours d'un pyjama pour dormir…

Leur idylle s'interrompt à la mi-décembre, pour reprendre de plus belle après la trêve des confiseurs. Gérôme, qui apprend à jongler avec deux emplois du temps, se découvre des talents insoupçonnés de comédien et d'affabulateur. Pour donner le change à Delphine, il s'astreint à paraître aussi déprimé qu'auparavant. Pendant leurs dîners du mardi, il se force à boire plus que de raison pour expliquer son manque d'énergie, le soir, au fond des draps. Cette baisse de régime hebdomadaire passe inaperçue, car, le reste de la semaine, leur vie sexuelle a repris – Dieu merci – son allure de croisière.

De toute façon, il soupçonne Delphine d'avoir foulé avant lui les chemins de l'infidélité, en compagnie d'un collègue qui était entré dans sa boîte en même temps qu'elle. À l'époque, ils ont fait ensemble plusieurs stages à l'étranger : Amsterdam, Francfort, Londres… Des semaines entières à partager le même hôtel… Delphine parlait souvent de ce jeune mec, drôle et bien bâti. Augustin ou Amaury de quelque chose… Difficile de croire qu'elle ait résisté à son charme vieille France… Difficile aussi de le lui reprocher… « Il fallait bien passer le temps ! »

Pour fêter les vingt-trois ans de Sarah, il l'emmène voir un ballet au théâtre de Chaillot. Avant la représentation, il lui offre un dîner dans un bon restaurant du quartier. Après le spectacle, il s'offre un détour par l'avenue Rapp. Dès le lendemain, il adresse à Enguerrand des remerciements fraternels pour sa collaboration précieuse et désintéressée.

Malgré leurs quatorze ans d'écart, Lola et Sarah ont les mêmes congés scolaires. Au printemps, les vacances de leur zone chevauchent les mois d'avril et de mai. Delphine est furieuse, car les deux premiers jours fériés de celui-ci tombent un dimanche… Ils passent une semaine avec Lola à l'île d'Oléron, puis envoient la petite chez ses grands-parents. Gérôme prend le prétexte de son désœuvrement pour relancer Cédric, qui lui a proposé, de longue date, de se changer les idées à Bizou quand le cœur lui en dira.

« Ne te gêne pas, les voisins ont le double des clés. »

Sarah ne fait aucune allusion au manque de confort, dont il craignait qu'elle se plaignît. Gérôme se lève vers neuf heures et parcourt sans but la campagne, se souvenant, ému, des moments exceptionnels que son parolier et lui ont passés dans ces lieux, quand ils préparaient ce qui deviendrait son meilleur album – son maudit album. Le corps échauffé par son heure de marche, il se glisse à son retour sous les draps et réveille son « ingénieuse » – ainsi qu'il l'appelle désormais. Chaque jour, elle se donne avec plus de fièvre.

Le ciel se montre favorable à leur idylle. Les températures approchant des vingt degrés, ils poussent en voiture jusqu'aux plages du débarquement. Un grand soleil éclaire les collines couronnées de forêts, les vallées verdoyantes aux versants bocagers, les prairies plantées de pommiers. Sarah connecte son téléphone à l'autoradio. Des enceintes s'élèvent les premières notes de « Mademoiselle ingénue ». Comment décrire l'impression que ressent Gérôme quand, tantôt claquant des doigts, tantôt frappant dans ses mains, Sarah se met à chanter d'une belle voix claire :

— Nos baisers, nos nuits torrides, N'étaient pas des jeux d'enfants…

Elle monte encore le son et baisse la vitre électrique. Le vent lui met ses cheveux épais en bataille. Elle retire, d'un geste gracieux, la mèche qui s'est coincée à la commissure de ses lèvres et tourne vers lui des yeux amusés.

— Tu es peut-être un peu devin ?

La main en bas du volant, Gérôme conduit du pouce et de l'index, sourire aux lèvres.

— Je te rappelle que je ne suis pas l'auteur des paroles.

À l'occasion de leur dernier dîner dans la vieille maison, elle se montre prodigue en confidences. Avant Gérôme, elle avait connu deux garçons – l'un pendant son année de terminale, l'autre à son entrée dans son école d'ingénieurs. Ces histoires ont duré six mois chacune. Lors de ses études en classe préparatoire, elle était trop accaparée par ses bouquins pour assouvir les désirs dont son corps brûlait. Elle garde de cette interminable période d'abstinence un souvenir douloureux. Soudain, elle prend un air boudeur.

— À mon école, les keums ils sont presque tous moches… Et les seuls qui sont mignons, c'est des vrais gamins.

Quel dommage, se dit Gérôme, quel dommage… Je vais être obligé de la garder pour moi tout seul !

— Je suis contente, j'ai été prise chez Mercedes-Benz pour mon stage en entreprise de l'année prochaine.

À compter du mois de septembre, elle habitera Stuttgart, pour six mois. Aussitôt, il commence à réfléchir au bobard qu'il pourrait inventer pour passer quelques jours dans ce Bade-Wurtemberg où il n'a jamais mis les pieds.

Lorsqu'il revient de Bizou, il attribue sa mine resplendissante à ses longues promenades et au calme bienfaisant qui régnait dans le Perche. Gérôme avait emprunté la voiture de sa mère. Elle s'étonne du grand nombre de kilomètres qu'il a parcourus pendant sa réclusion volontaire. Simple question d'hygiène mentale, assure-t-il : la contemplation de la mer apaisait ses tourments.

Du reste, ceux-ci reprennent dès qu'il rentre à Bièvres, où les journées dans son appartement vide s'additionnent les unes aux autres avec une similarité décourageante. L'article dans *Paris-Match* était titré : « Il y a de la place pour deux Soler dans la chanson française. » Margaux Jousserand s'est abstenue de faire allusion à l'orgie chez Denis. Elle possède un joli brin de plume, mais son papier n'a eu aucune incidence sur les ventes de *Nouveau départ*.

L'album est mort-né.

Gérôme Soler s'efface. Plus de visites ou presque à son site internet… Durant toute l'année précédente, les généreuses aides gouvernementales qu'il a continué de toucher chaque mois lui ont permis de mener une vie inchangée. À présent, cette manne est tarie. Sur ses relevés de compte en banque, la colonne « Crédit » demeure désespérément vierge. Révulsé à l'idée de reprendre une activité salariée, Gérôme ne parvient plus à se figurer un quelconque avenir. Un gigantesque bloc de béton s'est écrasé devant son pare-chocs.

Dans les rues de Paris, les vilains petits enclos qui avaient fait leur apparition l'année précédente devant les restaurants se sont multipliés. Un mardi de juin qu'ils sont attablés en terrasse sous un parasol, Sarah lui apprend qu'elle a décroché sa deuxième année haut la main. Gérôme commande deux flûtes à la serveuse, qui les leur remplit généreusement. Les mécomptes qu'ils ont connus à chaque fois qu'ils ont changé de crémerie les ont incités à fréquenter toujours le même bistrot de la rue Augereau, si bien qu'on les y chouchoute. Au moment de trinquer, Sarah remercie son amant d'un sourire. Sa réussite l'embellit encore. Une fois n'est pas coutume, elle s'est vêtue d'une robe, sous le coton blanc de laquelle ses mamelons se dessinent. Gérôme essaye, en l'observant, de chasser le refrain qui lui vient à l'esprit. « Sois solaire et rayonne ! Cette fois sera la bonne… »

Sarah, qui, d'ordinaire, reste sobre pendant le déjeuner, se montre volubile. Elle évoque les aventures de son amie Gwendoline, qui a entamé un tour du monde avec son fiancé.

« Tu sais qu'on va voir Jérôme Soler aux Francos avec Manu le mois prochain ? »

Assis, deux mètres plus loin, à une table perpendiculaire à la leur, un trentenaire aux cheveux grisonnants discute d'une voix forte avec une brune du même âge que lui, très enrobée.

— Elle a vingt-six ans, lui vingt-huit. Ils se sont dit que c'était le moment ou jamais de réaliser leur rêve. Quand ils auront des enfants, ce sera trop tard. Surtout qu'ils en veulent trois…

« Mais naaan ? La chance… J'aime trop ses chansons. »

Avec le Printemps de Bourges, les Francofolies de La Rochelle sont le festival de musique dans lequel Gérôme aurait toujours rêvé de se produire. Les organisateurs n'ont jamais daigné l'inviter.

« Il paraît que sur scène il a une présence incroyable. Tous ceux qui l'ont vu en concert me l'ont dit. »

— Comme les pays d'Asie ont pas rouvert leurs frontières, ils ont commencé par les États-Unis.

« Tu sais que c'est un Lyonnais, lui ? »

Selon Gérôme, un chanteur a réussi sa vie dès lors qu'il devient un sujet de conversation lors d'un repas entre amis.

« Mais oui, je sais. Ma frangine était en fac de pharma avec lui. Quand il était petit, il habitait pas loin de chez nous, rue Ferrandière. »

Gérôme découpe des morceaux de viande dans son assiette par pur acquit de conscience, parce qu'on est au restaurant pour manger. Son excellent filet de canette aux petits pois, navets et oignons grelots perd peu à peu toute saveur. Il mâche chaque bouchée de façon mécanique, avec la conscience très nette d'ingurgiter la chair cuite d'un animal mort.

« Elle le trouvait sympa ? »

— D'abord un mois à New York. Et ensuite ils feront l'Ouest. Le Grand Canyon. La Californie...

« Ouais, ouais, elle le trouvait sympa. Il était hyper timide, à l'époque. »

Ivre de détresse, Gérôme tente de prêter attention aux propos de Sarah, mais les mots qu'elle prononce se diluent dans ceux de leurs voisins avant d'atteindre ses tympans.

— Tu y es déjà allé ?

— Où ça ?

« T'as vu, il cartonne de ouf, même en Europe de l'Est. »

— À San Francisco, tu y es déjà allé ?

— Non, jamais.

Sarah superpose ses avant-bras sur la table et l'observe d'un air indéfinissable.

« C'est pas tous les jours qu'un Lyonnais fait parler de lui jusqu'en Pologne ! »

Dans la chambre, le ventilateur qu'elle s'est acheté la veille rend la chaleur tout à fait supportable. Elle se plante devant lui, les pupilles dilatées.

— On voit tes pecs à travers ta chemise en lin.

Elle la lui déboutonne sans demander d'autorisation.

— Tu m'as excitée pendant tout le repas.

Il regarde le vêtement s'envoler vers le lit, puis commence à se détendre quand elle lui caresse le torse, la taille, le dos de ses paumes un peu moites. Elle s'agenouille et ouvre sa braguette. Gérôme clôt les yeux. Ses dernières tensions s'évanouissent. Dans son impétuosité, elle le blesse légèrement avec ses incisives, aussi Gérôme lui murmure-t-il quelques conseils qu'elle met en pratique avec un art dont il s'émerveille. Le terme de « buccalité », équivalent de dextérité, existe-t-il ? Sinon, ne faudrait-il pas l'inventer ? Il prendra l'avis de Cédric.

— J'aime ça quand tu durcis dans ma bouche.

Où apprennent-elles à prononcer des phrases pareilles ? Est-ce l'industrie du porno qui leur dicte ses codes ou bien les lèvres des jeunes filles susurrent-elles à chaque époque les mêmes mots lestes ?

Elle lui donne une petite claque sur la fesse.

— Déshabille-toi !

Sans se faire prier, il se déchausse. Un léger sourire monte à ses lèvres quand il sent les moelleuses fibres synthétiques de la descente de lit lui chatouiller la voûte plantaire. Il ôte son pantalon, en équilibre sur un pied, puis sur l'autre.

— Pourquoi tu changerais pas de nom ?

Elle s'est exprimée d'une voix joyeuse et convaincue.

— Comment ça ?

— Au lieu de ramer à contre-courant, laisse-toi descendre le fleuve.

Sarah lève vers lui un regard attentif.

— Il est bon de s'adapter aux circonstances. Je sais plus dans quel essai de Montaigne j'ai lu ça en prépa.

Entre chaque phrase, elle reprend pendant de longues secondes son va-et-vient délicieux.

— Et puis c'est marrant, non, de devenir un autre tout en restant soi-même ?

Il agite la tête de droite et de gauche.

— Jamais, tu m'entends ? Jamais.

— Pourquoi ? Il y en a plein, des pseudos, dans la chanson française.

— Tais-toi…

Des deux mains, il regroupe les cheveux de la jeune femme en queue-de-cheval, puis se sert de cette prise pour lui donner la cadence qu'il préfère, ni trop lente, ni trop rapide, très lascive. Ce guidage un peu ferme excite manifestement Sarah, car sa respiration s'accélère. Il comprend que, pour la première fois depuis leurs débuts, elle a envie de poursuivre sa fellation jusqu'à son aboutissement. Par crainte d'abuser de son statut de mâle quadragénaire, il a un moment d'hésitation, vite balayé par l'idée qu'il la vexerait en refusant ce cadeau. Il prend le temps de se remémorer l'enchaînement de circonstances qui l'ont amené jusqu'à ces minutes qui, il le sait d'instinct, resteront à jamais gravées dans sa mémoire. Les menaces de Stal s'il refusait l'entretien avec Soler… La pantalonnade aux Deux Magots… Leur rencontre improbable dans l'hôtel particulier du boulevard Pereire… Et, à l'origine de tout le reste, le succès de « Solaire »…

Revenant *hic et nunc* dans la chambre de bonne, il décide de se retenir jusqu'au moment où le soleil, derrière le store, parviendra dans l'axe de la flèche de la tour Eiffel. Mais Sarah lui prodigue de sa main libre des attouchements si savants, si osés qu'il comprend qu'il ne résistera pas plus longtemps. Alors il assure ses appuis en écartant un peu les jambes, fait le vide dans son esprit pour mieux se préparer à ce moment de bonheur absolu et s'abandonne dans un long râle. Lorsqu'il rouvre les yeux, Sarah, toujours à ses genoux, lui sourit en contre-plongée, d'un air à la fois interrogateur et coquin, se pourléchant les babines. Jamais Delphine n'est allée jusqu'à cette acceptation totale de son être. Profondément ému, il relève son ingénieuse et entre ses bras il l'enlace.

CHAPITRE 16
ET JE DIRAI : « C'EST MA MAISON »

Deux minutes après que l'agent immobilier a ouvert la grille de cet ancien haras à façade blanche et grenat, ils ont su qu'ils feraient une offre d'achat. Ils avaient visité sept ou huit maisons lors des semaines précédentes, sans jamais ressentir le bien-être qui les gagnait à mesure qu'ils avançaient sur les dalles en ciment traçant dans la pelouse très verte un chemin jusqu'à une terrasse pavée. Ils ont monté les six degrés de l'escalier de pierre qui se présentait au-delà. Derrière la porte à demi vitrée, un petit vestibule donnait directement sur un salon carrelé de grès blanc et haut de plafond. Ils ont examiné cette pièce spacieuse, dans le prolongement de laquelle s'ouvrait la cuisine, séparée en deux, dans sa longueur, par un comptoir en bois vernis. Elle a vérifié la solidité des meubles de rangement. Il s'est assuré du bon fonctionnement des plaques à induction. Puis ils ont échangé un regard, anxieux de savoir s'ils éprouvaient l'un et l'autre le même enthousiasme.

Leur guide les a invités à le suivre dans un escalier qui tournait à angle droit après les trois premières marches. À l'étage, un palier desservait deux grandes chambres disposées sous des combles et éclairée chacune par un large chien-assis. Dans la chambre des propriétaires actuels, le parquet, ancien mais bien entretenu, craquait sous les pas. Ils ont changé de pièce et constaté que Lola pourrait se rouler à son aise sur une moquette en pure laine grise, dans ce qui deviendrait son repaire. Puis l'agent leur a vanté les mérites de la salle de bains, qui, étant située entre les deux pièces, permettait aux adultes de préserver leur intimité. Elle était équipée d'une cabine de douche mais aussi d'une grande baignoire d'angle. Au sol, un carrelage bleu, récent et lustré.

Ils sont revenus le surlendemain avec Lola, qui a eu comme eux le coup de foudre.

— Il a été conclu ce jour, entre M. et Mme Faure d'une part, et Mme Delphine Saunier et M. Gérôme Soler, d'autre part, la vente d'une maison de quatre-vingt-treize mètres carrés, bâtie sur un terrain de trois cents mètres carrés.

Pas de travaux à prévoir. Ils n'auront qu'à poser leurs bagages. La demeure a pour seul inconvénient d'être contiguë avec un logis similaire, car la propriété a été divisée en deux parties symétriques au début des années quatre-vingt.

Sa double exposition est-ouest permet à ses occupants de profiter du moindre rayon de soleil. Comme elle est située au fond d'une impasse, ils jouissent d'une tranquillité parfaite. Outre un garage et une buanderie, le sous-sol recèle une cave saine et fraîche, qui permettra à Gérôme de faire vieillir ses bonnes bouteilles dans les meilleures conditions. À l'arrière, le jardin donne sur une pinède. En découvrant ce cadre bucolique, il a tout de suite imaginé les grillades autour desquelles Delphine et lui réuniraient leurs amis, pendant les soirées d'été. Cédric et son épouse ont décidé qu'ils rentreraient de Quito dans un an. Peu de temps avant son audition décisive, le Renard a développé une forme grave du covid. Après l'hospitalisation, sa convalescence a traîné en longueur, entraînant l'effondrement de ses projets professionnels. Depuis quelques semaines, néanmoins, il aime à répéter que « le Renard reprend du poil de la bête ».

Assise, derrière son bureau en acajou, sur un luxueux fauteuil en cuir, Me Caroline Ambroise, notaire à Massy, rajuste ses étroites lunettes rectangulaires cerclées de noir. Son étude est située au rez-de-chaussée d'un petit immeuble du centre-ville.

— Le montant de la présente transaction est fixé à cinq cent mille euros.

Des négociations serrées leur ont permis d'abaisser le prix à ce tarif. Ils avaient presque fini de payer leur appartement, dont la vente leur a permis d'apporter grosso modo les deux tiers de la somme. Ils se sont endettés sur vingt ans pour financer la différence. Avec le retour de l'inflation, les taux d'intérêt sont certes remontés, mais ils restent à des niveaux raisonnables.

Ils ont pu se lancer car Delphine s'est élevée dans la hiérarchie de sa boîte. Et puis l'horizon de Gérôme s'est éclairci. Un jour qu'il réservait une nuit d'hôtel par téléphone, il a donné son nom à la réceptionniste. Elle l'entendait mal, à cause du brouhaha qui l'environnait. Elle a demandé : « Soler, comme le chanteur ? » La goutte d'eau a fait déborder le vase.

Pour former son pseudonyme, il a choisi son deuxième prénom à l'état civil (par chance, celui de son parrain ne s'est jamais démodé) et le nom de sa grand-mère maternelle.

À la scène, Gérôme Soler s'appelle désormais Antoine Reix (prononcer *rèks')*.

Delphine et Stal ont soutenu sa démarche sans réserve. Lola s'amuse énormément d'avoir deux papas en un.

Dix-huit mois après sa première arrivée dans les bacs, *Nouveau départ* est ressorti avec un titre tout neuf (*Devenir un autre*), et augmenté de chansons dont Cédric lui a envoyé les textes du Pérou, après plusieurs séances de travail en visioconférence : « À la caisse », « Réseaux asociaux », « Un tyran nommé le Temps » et « Buccalité divine ». Gérôme susurre plus qu'il ne chante ce texte assez gainsbourien, dont les programmateurs de radio sont friands, mais que Delphine n'apprécie guère (« Souvent, quand tu as bu, Tu as cette qualité… Moi je reste debout, et plutôt qu'alité, Je jouis sans abus, de ta buccalité »).

Davantage que ces nouveaux titres, c'est son changement de nom qui a provoqué dans la presse un regain d'intérêt pour le disque. Stal s'est démené comme jamais sur les réseaux sociaux, jouant à fond la carte de la « réinvention identitaire », événement rarissime, selon lui, dans l'histoire de la chanson française. Quoiqu'on soit loin du triomphe que Gérôme avait espéré, sa carrière a repris son petit bonhomme de chemin. Antoine Reix vend même un peu plus que Gérôme Soler. Il se produira durant l'été dans plusieurs festivals. Gérôme a été surpris par l'indulgence de son public. L'homonymie qu'il vivait comme une maladie honteuse est apparue aux yeux de ses admirateurs comme une péripétie parmi d'autres dans le carnaval du show-biz.

Sarah et lui se sont peu vus pendant les semaines qui ont suivi leur printemps euphorique, car leurs dates de vacances ne coïncidaient pas. Son ingénieuse a crapahuté en Écosse en juillet, puis elle est rentrée préparer son déménagement. Pendant les premiers temps de son séjour à Stuttgart, ils correspondaient régulièrement. À la fête de la Bière, Sarah a rencontré un certain Klaus, son aîné de deux ans. Elle appelait ce Teuton d'un mètre quatre-vingt-quinze son « petit Allemand ». Elle a donné de moins en moins de nouvelles, puis n'en a plus donné du tout. Elle s'est même étonnée que Gérôme lui envoyât encore des siennes. Gérôme est blessé par cette indifférence. Il s'aperçoit qu'en son for intérieur il espérait qu'ils resteraient amis. Parfois, il a l'impression d'avoir été jeté après usage, comme un mouchoir en cellulose. À d'autres moments, il ressent exactement l'inverse. Ne se paye-t-il pas à bon compte le luxe des regrets, alors que l'histoire aurait pu tourner au vinaigre si Sarah s'était éprise de lui ? En vérité, il est soulagé qu'elle ait pris l'initiative d'une rupture en douceur, depuis que Delphine lui a dit à brûle-pourpoint : « J'ai toujours pensé que le jour où un de nous deux tromperait l'autre, notre couple serait terminé. » Gérôme s'en souvient, maintenant : elle a prononcé cette phrase peu de temps après sa première écoute de « Buccalité divine ».

Jérôme a craqué.

Trop de joie. Trop de succès. Trop de voyages. Trop d'avions. Trop de trains. Trop de distances.

Trop de villes. Trop de taxis. Trop d'hôtels. Trop d'hôtesses. Trop de vitesse. Trop de visages. Trop de pieds. Trop de cuisses. Trop de seins. Trop de sexes. Trop de sexe. Trop de parfums. Trop de fêtes. Trop de rires. Trop de plaisir. Trop d'assouvissements. Trop de fatigue. Trop d'alcool. Trop de came. Trop d'argent. Trop de bruit. Trop de concerts. Trop de refrains. Trop d'accords. Trop de micros. Trop de guitares. Trop de cris. Trop de sueur. Trop de larmes. Trop de monde. Trop de brutalité. Trop de bêtise. Trop de mensonges. Trop d'ingratitude. Trop de générosité. Trop d'affection. Trop d'adulation. Trop d'adoration. Trop d'adrénaline. Trop de concurrence. Trop d'argent. Trop de pression. Trop de calomnies. Trop de tweets. Trop de non-sens. Trop d'excès. Trop de mots. Trop de tout.

À sa sortie de la clinique, il est allé se reposer dans le domaine que ses parents possèdent en Bourgogne. Peu à peu, il retombe dans l'anonymat. À la fin de son entretien avec Margaux Jousserand, pigiste pour le nouveau média en ligne *Clash*, il n'exclut pas toutefois de « revenir un jour sous les feux de la rampe ». Lorsque, de temps en temps, il l'appelle pour lui remonter le moral, Gérôme cherche en vain dans le timbre de son interlocuteur la spontanéité et l'entrain qui le rendaient naguère si attachant.

Gérôme entend parfois « Solaire » ou « Ma réponse » à la radio, avec une pointe de nostalgie, comme toujours quand une chanson nous rappelle que le temps a passé et que cette période de notre vie où nous avions cru être si malheureux faisait partie du maigre contingent de jours que la destinée alloue à chaque être humain et dont, tels de fieffés inconscients, nous avons négligé de nous réjouir.

CHAPITRE 17
QUAND C'EST FINI, ÇA RECOMMENCE

Antoine Reix jette dans un verre d'eau un médicament qui favorise la digestion.

L'inconvénient des formules « tout-compris » et des buffets à volonté… On a tendance à se gaver.

Son gobelet à la main, il regarde se dissoudre le comprimé effervescent, amusé par les quelques bulles qui, giclant au-dessus de la paroi, lui chatouillent les doigts. À peine s'allonge-t-il sur le lit qu'il grimace. À cause de l'abus du punch, il avait oublié son coup de soleil sur les omoplates. Dans l'euphorie d'avoir laissé derrière eux le sinistre hiver francilien, ils ont passé leur après-midi au bord de la piscine, par vingt-huit degrés.

De la salle de bains, contiguë à la pièce, lui parviennent des bruits d'écoulement d'eau. Comme avant chacun de ses couchers, Delphine se livre à de longues ablutions un peu mystérieuses. Lola dort déjà, sur le confortable canapé de la mezzanine. Ils ont atterri ce matin même à l'aéroport de Dakar. Une heure plus tard, ils atteignaient leur hôtel de Saly. Leur « suite duplex » occupe une case indépendante, recouverte d'un toit traditionnel en chaume de forme conique. La chambre est décorée, dans les tons beige et ocre, de meubles et d'accessoires provenant de l'artisanat local : penderie, valet de nuit, miroirs muraux. Il cale sa tête sur le douillet oreiller et, d'un geste machinal, attrape la télécommande posée sur la table de chevet. Les précédents vacanciers ont éteint le téléviseur alors qu'il était branché sur TF1. La chaîne diffuse un télé-crochet, au cours duquel des artistes en herbe s'affrontent, dans un décor futuriste, sous l'œil de quatre chanteurs célèbres. Malgré la renommée de cette émission, Antoine n'avait jamais eu la curiosité d'y jeter un œil. Pour l'heure, un barbu très brun reprend « Les Comédiens » d'Aznavour, accompagné, à l'orchestre, par un flot de cordes sirupeuses. Antoine doute que ce type aille bien loin dans la compétition, car il vocalise à l'excès et place l'accent tonique sur les mauvaises syllabes. Assises dans des fauteuils dont le dossier spectaculaire est orné de plumes de paon ou d'un faisceau de manches de guitare surmonté d'une défense d'éléphant renversée, les vedettes observent sa prestation d'un œil sceptique.

Au mois de novembre dernier, à Évreux, Antoine Reix a reçu un accueil autrement chaleureux.

Il venait de remporter le Grand Prix du disque Made in Normandie, décerné chaque année par la marque collective Saveurs de Normandie. Sous cette bannière sont regroupés une centaine d'entreprises locales et quatre cents produits du terroir. La structure est dirigée par le maire de Bizou, cousin de Cédric Sellier. Lors de la cérémonie, le lauréat a reçu un panier de spécialités du cru (andouillettes, pâtés, cidres et calvados) et la coquette somme de trois mille euros. Puis il a donné son concert devant une salle pleine à craquer.

Antoine zappe sur une chaîne sénégalaise d'informations en continu. Une invitée coiffée d'une casquette et vêtue d'un polo multicolore s'exprime avec véhémence dans une des langues du pays. Habitué aux foires d'empoigne hexagonales, Antoine s'étonne que les quatre autres personnes présentes sur le plateau l'écoutent pendant plusieurs minutes sans l'interrompre. Bien que cette femme entrecoupe ses propos de mots français, il ne parvient pas à savoir de quel sujet elle disserte. Il revient sur TF1.

« … omme le système, où les dieux t'ont jeté. »

Sur l'écran, une jeune soprano dotée d'une voix très pure interprète la chanson de Soler en s'accompagnant elle-même d'une simple harpe. Une lumière vaporeuse et bleutée nimbe ses longs cheveux roux et son visage diaphane. Ses beaux yeux indigo lancent dans le vide un regard candide et habité.

— Gérôme, tu peux m'aider à enlever mon collier, s'il te plaît ?

Les dernières rumeurs prétendent que Soler est retourné à ses activités humanitaires, sans regret des superficialités médiatiques. Il œuvrerait dans l'île de Lesbos aux côtés des migrants.

« Sois solaire et espère, ton bonheur est dans l'air. »

Le timbre féminin ajoute sans conteste du piment à la chanson et renouvelle le plaisir de l'écoute, comme aussi l'orchestration dépouillée. Au-delà des différences entre la reprise et l'original, « Solaire » conserve son étrange pouvoir d'envoûtement. Grâce à l'incomparable pouvoir d'évocation des chansons, Antoine est projeté dans le passé, à l'orée de son calvaire. Il se revoit au volant de sa voiture, découvrant le texto de Valéry Rousseau, et retrouve en un éclair son insouciance d'alors.

— Gérôme ?

Il se redresse sur un coude.

— Y a pas de Gérôme ici !

Delphine sort de la salle de bains, un tube de lait après-soleil à la main.

— Enfin, qu'est-ce qui te prend ?

— Si tu croyais en moi, tu m'appellerais Antoine.

Stal est le seul à jouer le jeu. L'ancien prénom n'a plus jamais franchi ses lèvres depuis que son poulain a changé d'identité. Il décroche désormais en disant : « Oui mon Antoine ? »

— Je n'y arrive pas, j'y peux rien.

« Sois solaire et rayonne ! Cette fois sera la bonne. »

Alertée par la ritournelle, elle dirige son regard vers le téléviseur. La candidate tient longtemps l'ultime note, qui s'éternise dans un vibrato suave. Le public, comme assommé, tarde à réagir. Puis un tonnerre d'applaudissements éclate. Les vedettes ont jailli de leur siège pour se joindre à la standing-ovation. Accouru dans un costume prunelle trop serré, le présentateur dépoitraillé presse de questions la jolie candidate. Originaire de Bordeaux, elle s'appelle Constance. Des sanglots lui secouent la poitrine tandis qu'elle remercie l'assistance, les yeux brouillés de larmes.

Delphine tourne vers son concubin un visage désolé.

— Chéri, tout ça ne te concerne plus, désormais.

— Comment ça, tout ça ne me concerne plus ? Si tu permets, je décide moi-même de ce qui me concerne ou pas.

Il se lève, comme mû par un ressort, et jette sur le lit la télécommande, qui rebondit sur le matelas. Le boîtier tombe par terre avec un petit bruit sec de plastique brisé. S'échappant de leur compartiment, les deux piles cylindriques roulent sur le carrelage.

— J'en ai marre, à la fin, que tu penses à ma place ! Tu comprends ? *Ras le bol !*

Leur terrasse donne sur le jardin de l'hôtel, car le prix des chambres avec vue sur la mer dépassait leur budget. Il suit d'un pas pressé l'allée de pavés ocre qui, sinuant parmi les habitations, mène à la plage. Au moment où il franchit la rangée de palmiers qui la borde, ses ultimes doutes se dissipent : bien sûr que cet enfoiré de Soler s'est tapé Margaux Jousserand. Et plutôt deux fois qu'une, à coups de reins violents. Elle criait, insatiable. Elle aussi elle s'est agenouillée devant lui.

Il ralentit l'allure quand il perçoit sous ses semelles la fraîcheur du sable meuble. La houle s'est levée. Des bourrasques lui donnent la chair de poule. Et pourtant, il transpire.

« Solaire » va entrer dans la postérité… Peut-être que, traduite en anglais, la chanson deviendra un succès planétaire… *Be sunny and hopeful, your joy in the air, be sunny and radiant, this time'll be the good one…* Quelque chose dans ce goût-là… Suivront les versions en espagnol, en russe, en japonais… Une destinée à la « Comme d'habitude »… Ces accords entêtants le poursuivront pendant des années, des décennies encore. S'il entendait ce maudit refrain en écoutant la radio à l'hôpital, sur son lit de mort ? Il est parfaitement athée, n'est même pas baptisé. Alors pourquoi cette phrase lui vient-elle à l'esprit : « Les voies du Seigneur sont impénétrables » ?

Il distingue au lointain une lueur orangée. Le vent porte jusqu'à ses narines une âcre odeur de brasier. Atténué par la distance, lui parvient un roulement de tam-tam. Sur ce rythme ensorcelant, des femmes psalmodient de leur voix aiguë une litanie inquiétante. Est-ce Antoine Reix ou Gérôme Soler qui ôte ses espadrilles et s'immobilise au bord de l'océan ? Entre ses rêves d'enfant et le sort qui lui est réservé, l'écart est gigantesque. Quelques vagues plus fortes que les autres lui lèchent les orteils de leur écume tiède. Il essaye de discerner les mouvements de l'onde, mais de gros nuages masquent la pâle clarté lunaire. L'Atlantique rugit dans la nuit, invisible et menaçant.

Paris, janvier 2023

TABLE DES MATIÈRES

Achevé d'imprimer en février 2023
par la Société TIRAGE - 91941 COURTABŒUF

M17764/61

Imprimé en France